そのお店は、
駅前から続く長い坂の途中に建っています。

ときめきフォカッチャ

ハリネズミと謎解きたがりなパン屋さん

鳩見すた　イラスト◎佐々木よしゆき

「フォカッチャ刑事、信じてくれるんですか……？」
フシュ！
「不本意ですけど、そう見えますね……」

ときめきフォカッチャ

ハリネズミと謎解きたがりなパン屋さん

BOULANGERIE MUGI

鳩見すた

BOULANGERIE
MUGI

CONTENTS

第一話　シナモンロールのマリアージュ

~Cinnamon roll（シナモンロール）~

「スウェーデン生まれアメリカ育ちのお菓子パン。二十秒ほどあたためて食べると思わず目を見開くおいしさです。この場で食べるなら向かいのXXXXXXXXXXXさんで売っている、XXXXXXXXXXXとの組みあわせがおすすめ」（担当:高津）

1

丼《どんぶり》の中身をひとさじ口へ運び、丼谷《どんぶりだに》がおごそかに口を開いた。

「珍紛漢紛《ちんぷんかんぷん》である」

その言葉に続き、こたつを囲んだほかの面々からも「完全に迷走だね」、「ＰＤＣＡが回ってない」と、僕を非難する声が上がる。

ここは大学非公認サークル「めし食いたい組合」、通称「め組《ぐみ》」の部室だ。僕たちは再来月に卒業する四年生でありながら、いまも毎日のように学校にきては豆腐丼を食っている。

なぜならそれぞれに進路も決まり、春までやることがないからだ。つまりは暇人中の暇人である。

ゆえに暇を持て余して僕はのろけたのだ。

現在進行形の恋について。

組合員のソウルフードである豆腐丼を食いながら、微に入り細を穿《うが》って。

するとこたつの三方から一斉に反撃された、というのが目下の状況である。

「いったいなにが珍紛漢紛なんだ。僕は男らしく恋心を伝えた。返事は春にくださいと誠意も見せた。これこそ純愛じゃないか」

去年の夏、僕はパン屋で働く女性に恋をした。

高津《たかつ》麦《むぎ》さんはパンとハリネズミを愛する女子大生であり、日常におけるささやかな謎に異様な執着を見せる、ちょっと面倒な、いや面妖な人である。

日頃は能面のように無表情な麦さんだけれど、謎を解き明かしたときにはとてもいい顔で笑う。写真を撮ったら『よく寝て起きた女神』とタイトルをつけたくなるようなその微笑《ほほえ》みを目《ま》の当たりにした僕は、以降あれこれと理由をつけて麦さんと謎解きをしてきた。

そうこうする間に僕の恋は走りだす。とはいえ、あまりに途方もなくつかみどころのないゴールに、一時は完走を諦めかけたりもした。

しかし「め組」の友人たちから励ましを受け、やはりきちんと想《おも》いを伝えることにしたのだ。見晴《みはらし》用水を枝垂《しだ》れ桜《ざくら》のアーチが覆う、淡く儚《はかな》い春の頃に。

ところが昨日、ひょんなことから情熱がほとばしった。

まだ一月の終わりだというのに、僕は全身全霊で麦さんに愛を告白した。そうして返事は桜の季節にと約束をした。

マラソンでたとえれば、折り返し地点でスパートをかけたようなものである。僕がセリヌンティウスなら、メロスの誠実さに胸を打たれただろう。なのになぜゆえ四面《しめん》楚歌《そか》なのか。

「よく聞け蜜柑崎《みかんざき》」

こたつの左側でニガリが言う。蜜柑崎捨吉《すてきち》というのが僕の名だ。

「プランを投げたらアジャイル催促。決して担当者にエスカレさせない。これはビジネスのデファクトスタンダードだ」

ニガリは元プロ就活生で、なにかにつけて意識が高い。実家の豆腐店を継ぐと決めたいまも、毎日なにかをソリューションしている。

「恋愛はビジネスじゃないだろ。それに返事をすぐに求めるなんて、なんだか必死すぎてかっこ悪いじゃないか」

「ではいまのおまえは、『余裕があってかっこいい』メソッド？」

「無論だメソッド」

「まあペンディングせずにプレゼンした勇気は認めよう。だが蜜柑崎。オンスケならフィードバックは二ヶ月後だ。その間にクライアントは、コンプラに基づいておまえを品定めするぞ。『恋人にするか否か』というリテラシーでだ」

「うっ」

　思わずうめき声が出た。しかしニガリの指摘はまだ続く。

「するとどうしたってイシューが見えてくる。勢いでローンチすれば目をつぶってもらえたボトルネックが、マイナスとしてイノベーションする。二ヶ月という猶予のせいで、市場はどんどんシュリンクしていく」

　真冬なのに、汗が背中を流れていた。僕はとんでもないことをしてしまったんではないだろうか。四年も大学に通ってまともに女性と話したこともないくせに、この期に及んでなぜ余裕ぶったりしたんだ？

「あーあ。頭抱えちゃった」

　こたつの右側でイエモンがけたけた笑う。緑の髪がさらさら揺れた。

「気を落とすことないって蜜柑崎。いいアイデアがあるよ」

「バンドはやらないぞ」

　僕はじろりとイエモンをにらんだ。就活せずに音楽で食っていくと宣言したイエモンは、ことあるごとに僕をバンドに誘ってくる。僕が一番暇そうだからだ。

「違うって。ニガリの分析だと、いまが麦ちゃんの中で蜜柑崎の好感度ピークなわけじゃん？　だったら、桜の咲く頃まで会わなければよくない？」

「おお……さすがバンドマン。助言にまったく血が通っていない」

しかし互いの接触を避ければ、いまより好感度が下がらないのも確かだ。

「その場合は不信感がバズるだろう。炎上商法にも似た悪手だな」

ニガリの言うことにも一理ある。

さて困った。麦さんと会えば自分の欠点を見抜かれて、会わなければ不誠実と見なされる。どうにも八方ふさがりだ。なぜ僕は後先を考えずにスパートをかけてしまったのか。メロスには恋愛がわからぬ。

「泥棒である」

鶴の一声のごとく、「め組」のリーダーである丼谷が声を轟《とどろ》かせた。

「泥棒……そうか。麦さんのハートを盗んでしまえということか」

丼谷は米問屋《こめどんや》の御曹司であり、地元新潟《にいがた》には許嫁《いいなずけ》までいる賢人だ。ああでもないこうでもないと下手な考えで休む僕らに、いつも叡智《えいち》を授けてくれる。

「否《いな》。しゃもじ泥棒である」

「丼谷。凡人にもわかるように言ってくれ」

「確かにしゃもじが見当たらないな。蜜柑崎の先見性と同じくエンプティだ」

余計なお世話だとニガリにつっこみつつ、炊飯器を見る。

するとしゃもじ受けがからっぽだった。僕らがいつもめしをよそっている、年季の入った木製しゃもじがそこにない。

「まあどっかにはあるっしょ。そのうち出てくんじゃない」

「そうだ。イエモンが正しい。いまはしゃもじよりも僕の恋路だ」

議論の再燃をうながすと、丼谷が低く声を響かせる。

「我らは『め組』である」

そう。僕たちは「めし食いたい組合」だ。入学してから春も夏も秋も冬も、雨の日も風の日もハレの日もケの日も、ずっとこの部室で豆腐丼を食してきた。

であるがゆえにあのしゃもじは、母のような存在と言っていい。

「……ごめん丼谷。軽率な物言いだった。いますぐ全員で探そう」

賢人の言葉は心を洗う。僕らは本腰を入れてしゃもじを捜索した。

こたつの布団をひっぺがし、ＤＶＤプレイヤー代わりのゲーム機をどかし、一番あやしい炊飯器の中も確認したけれど、母なるしゃもじはどこにも見つからない。

「コンセンサスを確認しよう。最後にしゃもじを見たのはいつだ？」

こういうとき、場を仕切るのはいつもニガリだ。

「僕は昨日の昼だ。洗い物をしたから覚えてる」

僕たちの炊事は当番制じゃない。部室に一番早くきた人間がめしを炊き、遅かったものが廊下の炊事場で釜や食器を洗う。昨日は僕の入室が最後だった。

「そのときしゃもじは普通にあった。それよりも、今日の炊事担当に聞くほうが早いんじゃないか？　めしを炊いたのはニガリか？」

「いいや。俺が部室に入ったとき、室内には誰もいなかった。しかしこたつの上にはすでに四人分のめしがアサインされていた。イエモンのタスクか？」

問われたイエモンがうーんと首を傾《かし》げる。

「疑われそうだけどさ。最初に部室にきて、米を洗って炊飯器にセットしてさ。ちょっと大学構内をぶらぶらして戻ったら、丼谷とニガリがいたんだ。そんでめしの支度も終わってたから、ラッキーって思ったんだよね」

「そいつはおかしなファクトだな。めしを盛るのは米を炊いたものというのがうちの座組だ。丼谷はほぼ俺と同時にエントリーしたと思ったが、それ以前にやってきてセッティングしたのか？」

ニガリの質問に丼谷が「否」を響かせる。

「吾輩《わがはい》は米を運ぶのみである」

そう。炊事は基本的に僕、イエモン、ニガリが担当する。丼谷は自宅から約六十キロの米俵をかついでくるという重労働があるため、暗黙の了解で米研ぎなどは免除されているのだ。

「フレームワークを整理しよう。最初にきたイエモンがめしを炊いた。そのときしゃもじがあったか覚えているか？」

「わっかんない。お釜しか見てないし」

そりゃそうだと全員がうなずく。僕がしゃもじの有無を覚えていたのは、それ自体を洗ったからだ。

「次に部室にきたのは俺になるが、すでに丼フィーチャリングめしだった。残念ながらしゃもじのログは確認していない」

「ちょっと待てニガリ。じゃあ今日のめしは誰がよそったんだ？」

「俺たちの誰かがフェイクニュースを流しているのでなければ、部外者がインバウンドして配膳したんだろう。そいつがしゃもじを持ち去った蓋然性《がいぜんせい》が高い」

言ったニガリも含め、全員が「そんなバカな」という顔をした。

「いったい誰がなんのために、そんなことをするんだ」

「こんなケースはビッグデータにないな」

「妖精さんのいたずらじゃん？」

「天狗《てんぐ》の仕業である」

などとくだらないことを言っているうちはよかった。

「つーかこれってさあ、蜜柑崎が犯人なんじゃないの？」

イエモンがへらっと軽い調子で言う。

「昨日の昼に洗い物をしたとき、しゃもじをうっかり壊しちゃったとかでさ。それをごまかすために今日こっそり部室にきて、丼でガッと直接炊飯器からめしをすくっておいたんじゃない？」

顔は笑っているものの、イエモンの指摘はやけに具体的だ。責めるつもりはないけれど、全員にとって大事なしゃもじを軽んじるなという意思を感じる。

「遺憾だ。もし僕がしゃもじを壊したなら、ワシントンばりに正直に言う」

「まあねー。蜜柑崎はニガリと違って顔に出るし」

どうやら僕は当て馬だったらしい。イエモンの本命はニガリのようだ。

「確かに俺はオーディエンス的に見てあやしいな。なにしろめしが炊けて最初に入室している。すでに丼めしがあったという証言にもエビデンスがない」

「ニガリ。それは罪を認めたってことなのか？」

「いいや。ゼロベースで考えれば全員が容疑者だ。気は進まないがダイバーシティを考慮《こうりょ》するなら、丼谷だって犯人とサジェストできる」

　全員がこたつの上座を見る。

「左様。吾輩は昨日最後に部室を出た」

「つまり、僕がしゃもじを洗ったあとってことか」

　丼谷がうむとうなずく。

「だが部室はオープンスペースだ。屋外とニアリーイコールだろう」

　ニガリはこう言っている。ここは非公認サークルの部室棟であり、大学が管理を放棄しているためドアの鍵は壊れている。だから密室は存在しないし、アリバイのない人間はすべて容疑者だと。

「では判明した事実をキュレーションしよう」

　注目を集めるように手を上げて、ニガリが僕のほうを見た。

「最後にしゃもじとコミットしたのは、昨日の昼に洗い物をした蜜柑崎だな？」

「たぶんそうだ。午後一時前後だったよ」

「イエモンが米をアテンドしたのは？」

「今日の十一時ちょいすぎかなあ」

「その約二十二時間のセグメントは、誰もしゃもじを見ていない。だがこれはスクリーニングしていいだろう。ユーザビリティ的に考えて、丼にめしをよそうにはしゃもじを使うものだ。逆に言えば、しゃもじがあったからめしをよそえる」

ニガリの思考はかなり論理的だ。続きを聞こう。

「となるとイエモンが部室を出てから、俺が入室して丼谷がキャッチアップしてくるまで。めしが炊けてからの三十分前後が犯行時刻と考えていいだろう。この空白の時間に、ファジーでないアリバイがあるものは？」

誰も手を上げなかった。イエモンはキャンパスをぶらぶらしていただけだし、僕を含めた三人はちょうど登校している頃だろう。

「つまり俺たちを含め、誰でもしゃもじを持ち去れる。ほかにクリティカルな証言がない限り、この辺りにソフトランディングすべきじゃないか？」

この場に麦さんがいたらどう考えるだろう？

きっと現場百回とばかりに部室や廊下を虫眼鏡で見て回り、張りこみしながら学生の会話に耳をそば立てるはずだ。

けれど僕たちは謎解きを楽しみたいわけじゃない。しゃもじの行方も気になるけれど、「め組」の誰も嘘《うそ》をついてないとわかればそれでいい。

ニガリは外部犯行説をほのめかしている。僕もその意見には賛成だ。

ただ事件の性質を考えると、内部犯である可能性が高く思えてしまう。

みんなしばらく黙っていた。やがてイエモンがうんざりと口を開く。

「もうさー、犯人は名乗り出ちゃったほうがいいんじゃない？　しゃもじを壊したくらいじゃ別に怒んないしさー」

「ポジショントークはよせ。イエモンだって容疑者のひとりだ」

「なにニガリ。自分を差し置いてそういうこと言っちゃう？」

日頃は平和極まる「め組」の部室に、にわかに緊張が走った。

「やめろってふたりとも。お世話になったけど所詮はしゃもじじゃないか。この件はもう終わらせていいよ。そうだろ丼谷？」

僕がなあなあを主張すると、丼谷が左右の肩を交互にくいっくい動かし始めた。

「たかがしゃもじ。されどしゃもじである」

このちょっと面白い動きは、丼谷が憤慨している証《あかし》だ。

しかし笑ってはいけない。賢人はいま必死に怒りを抑えているのだ。

丼谷は礼と義を重んずる。そしてしゃもじは僕らの絆《きずな》の象徴だ。

とはいえ犯人が正直に名乗り出れば、丼谷も強く責めたりしないだろう。

けれど嘘をついてごまかすのはだめだ。

それは豆腐丼で育んだ僕らの絆を、ないがしろにするに等しい。

かつて丼谷を怒らせた男がいたという。賢人が額に一本青筋を立てると、それだけで男は恐怖のあまり留年したらしい。丼谷をこれ以上怒らせてはいけない。

目下の部室内には険悪な空気が漂っている。

いままで僕らは争わなかった。そりゃあ軽口をたたきあうことは多いし、意見の食い違いはしょっちゅうある。でも最終的にはわだかまりなく豆腐丼を食うのだ。僕らは「め組」という居場所を愛している。

けれど今回は違う。事件の動機が不明なゆえに、外部の犯行を考えにくい。

そしてみんなが「め組」を愛しているからこそ、卒業間際の嘘がことさら重大な裏切りに感じられてしまう。

きっかけはしょうもないことでも、友情にひびが入ることはある。丼谷が肩をくいっくいしているうちに、なんとかしなければならない。

「悪かった。実はイエモンが言った通り、僕が洗い物をしていてうっかり壊しちゃったんだ。こう、ピキッと縦に亀裂が入って――」

みんな犯人をとがめたいわけじゃない。「仲間が嘘をついている」状態が気に入らないだけだ。それが解消すれば丸く収まる。だったら誰かが罪をかぶればいい。

まあ米を愛する我らがリーダーはちょっと怒るかもしれない。青筋を立てるまではいかなくても、丼谷の説教は心にくる。

僕はしばらく本当に自分が犯人だと錯覚し、「なぜしゃもじを壊してすぐに名乗り出なかったんだ……」と、自責の念に駆られるだろう。

でも卒業までみんなが平穏を保てるのなら、それくらいは安い犠牲だ。

「では蜜柑崎。スポイルしたしゃもじはどこへやった？」

ニガリがじっと僕の目を見据える。

「それは……ぶ、部室棟のゴミ箱に」

「ふん。あふれ返るまで非公認クラスタが放置する、インスタ萎《な》えでおなじみのゴミ箱か。それならいまからピックアップしにいこう」

非公認サークルは大学に見捨てられているため、鍵の修理どころかゴミの収集もしてもらえない。ゆえにゴミ箱があふれたら、清掃員として各部からひとり生《い》け贄《にえ》が捧《ささ》げられる。つい先週、僕が差しだされたばかりだ。

「い、いや、部室棟じゃなくて中庭だったかも……」

「蜜柑崎。おまえは嘘をつくときに、自分のへそを見るのがトレンドらしい」

「え」

思わず自分のへそを見てしまった。しかし嘘をついたときにそうしていたかなんて覚えていない。

「捨吉、惑わすな」

丼谷にたしなめられ、僕はしゅんとして頭を垂れた。ああ、なぜ僕は簡単にばれる嘘をついてしまったのか……。

僕が自分を責めるかたわらで、ニガリとイエモンは互いの人格を否定していた。丼谷は静かに怒りをみなぎらせている。「め組」史上最悪の雰囲気だ。

その後も犯人は名乗り出ず、僕たちはばらばらに部室を後にした。

2

「……このままではまずいぞ」

帰宅途中の坂道をのぼりながら、ひとりごとをつぶやく。

僕たちはもうすぐ卒業だ。春からは別々の道を歩む。でも四年間ともに豆腐丼を食した友情は忘れない。一年後には再び集まって互いの境遇を語りあおう。そんな風に言って別れたかった。

でもあのギスギスを引きずったままでは、きっと再会もかなわない。僕らがうまい酒を飲むためには、遺恨《いこん》なく春を迎える必要がある。

「問題を解決するには、やっぱり犯人を見つけるしかないのかな」

仲間を断罪するような行為はできれば避けたい。しかし犯人がわからなければみな納得できないだろう。

とはいえ、まだ部外者による犯行の可能性も残されている。

幸か不幸か犯人を名乗り出たことで、僕はかえって容疑者から外れた。探偵役を担うには適任だろう。

ただし適性があるとは言い難い。

いままで僕が関わった謎や事件は、すべて麦さんと一緒に解いてきた。張りこみをして証拠を集めてという一連の捜査は、ほぼ麦さんの主導と言える。僕はあくまで助手という立場でしかない。

「どうしたものかな……」

困り果てて空を見上げようとすると、坂の途中に設置されたスタンド式の黒板が見えた。住宅街で営まれているパン屋の数少ない目印だ。

黒板の横で立ち止まる。右手の一軒家に目をやると、ハーブ類の植えられたかわいらしい庭があった。敷石《しきいし》の先には玄関があり、ドアの脇にぶら下がったブラケット看板にこう書かれている。

『BOULANGERIE《ブーランジェリー》 MUGI《ムギ》』

ここが麦さんの働く店だ。店名からもうかがえるように、麦さんは経営者である高津夫妻のひとり娘になる。ゆくゆくは店を継ぎたいらしく、いまも学業のかたわらで仕事を手伝っていた。

「やっぱり……麦さんには頼っちゃだめだ」

「なぜですか？」

「なぜって、麦さんは人の心に踏みこむことを嫌うし」

麦さんは日常の謎を愛している。でもそれを解く方法は、徹底した観察、尾行、張りこみだ。いつだって人と接さずに謎を解く。

その理由は過去のトラウマにあった。不用意な言葉で友人を傷つけてしまった麦さんは、以降は人と関わることを避けている。大切な相手を失うことを恐れ、笑顔を封じて人から距離を取る。

そんな臆病すぎる麦さんを、あの空気に巻きこむ気にはなれない。

「でも蜜柑崎さんは言いましたね。『察するばかりが正解じゃない』と。人の気持ちを勝手に決めつけないで、試しに話してみればいいと思います」

「その通りだとは思うけどさ。これは至極プライベートな問題だから」

「だったらなおさら相談してください」

そうはいかない。僕は麦さんに告白し、返事を待っている状態だ。あんなギスギスした場に連れていったら、ニガリが言ったように好感度が下がってしまう。

「僕のイシューが見えちゃったら困るんだよ。勢いでローンチすれば目をつぶれたボトルネックが、マイナスとしてイノベーションするかもだし」

「ちょっとなに言ってるかわかりません」

「正直僕もよくわかんな……って、麦さん⁉　なんでここにっ？」

ずっと脳内麦さんと会話をしているつもりだったけれど、気づけば隣に無表情な本物がいた。

「なんでと言われましても。ここがわたしの家ですし」

麦さんは私服姿だった。僕と同じで学校帰りらしい。

「それよりも、蜜柑崎さんは問題を抱えてお困りなんですね？」

「いや……問題ってほどじゃないよ。ちょっと内輪でトラブルがあっただけで」

「わたしは、蜜柑崎さんのことを友だちだと思っています」

顔には出さないように努めたけれど、僕の肩はがっくり落ちていた。春にもらえるはずの返事も、「お友だちでいましょう」と言われそうな気がする。

「大事な友人が困っているなら、わたしはできる限り力になりたいです。こんな風に考えるのは変ですか？　わたしの行いは普通とは違いますか？」

人と関わることを避ける麦さんが、僕に対しては自信なさげに距離を縮めようとしている。その気持ちはうれしい。うれしいけれど。

「全然変じゃないよ。僕だって同じことを言うと思う。でもやっぱり、これは僕の個人的な問題で……」

「フリーズ！」

唐突なポリスメン口調に、僕はぴきんと体を凍らせた。

「蜜柑崎さんは遠慮しているんですね？　さすがは日本人です」

「いや麦さんも日本人だよ」

「ええ。ですからここは、アメリカっぽくドーナツを食べて友情を深めましょう。さあ、遠慮せず。このお店にはかわいいハリネズミもいますよ」

いつもクールな麦さんが、今日はやけに強引だ。しかもやたらと「友」という言葉を強調してくる。まるでそれ以上を求める僕を牽制《けんせい》するように。

「それが、麦さんの答えなのかな……」

僕は落胆を隠せず、どんよりした気分で店のドアをくぐった。


「すみません、蜜柑崎さん。ドーナツは売り切れでした……」

イートイン席に座って待っていると、エプロンと三角巾を身につけた麦さんが沈んだ様子でやってきた。

「大丈夫だよ。そんなにドーナツ食べたかったわけでもないから」

「その代わり、うちで一番アメリカンなパンをお持ちしました！」

麦さんが声を弾ませ親指を立てた。テーブルにパンとカップが載ったトレーが置かれる。ドーナツが売り切れていたことは、さして残念がる風でもない。

「な、なんか麦さん、いつもとテンションが違うね」

「陽気な一面をお見せしようかと思いまして。お嫌いですか？」

そう聞かれると返答に困る。口調こそ明るいけれど、表情が追いついていないので違和感が激しい。

けれど僕に対して距離を縮めるための努力だとしたら、頭ごなしに否定するのもためらわれる。

ひとまず話をそらそうと視線を動かすと、テーブルの上に目が留まった。

「麦さん。このハートの意味って？」

僕が注文したカフェオレに、ハリネズミの絵がチョコペンで描かれている。フォカッチャという名のこのハリネズミは、麦さんのペットでお店のマスコットだ。

今日はそんなフォカッチャのカフェオレアートの横に、小さなハートマークが意味深に浮かんでいる。

「……フォカッチャの喜びを表しました。この子は蜜柑崎さんが好きなので」

なぜか目をそらしながら、麦さんが正面に座る。期待したのはアートを描いた本人の喜びだったけれど、現状の好感度ではまだ望めないらしい。

僕はなぐさめを求めるべく、本物のフォカッチャを見た。

丸まって針を立てたフォカッチャは、テーブルから落ちないよう麦さんの両手で覆われている。目を三角にしてフシュフシュと鳴いている様子は、明らかに「おまえなんか好きじゃないぞ」と抗議していた。

「歓迎されているようには見えないけど……まあいいや。ところで、これが『うちで一番アメリカンなパン』？」

形としては渦巻き状で、表面に雪のような白いものがかかったパンだ。お皿の脇にはナイフとフォークが添えられている。

「シナモンロールです。発祥はスウェーデンですが、いまではアイシングでコーティングしたアメリカンスタイルが一般的です。パンと言うよりも、カフェでコーヒーと一緒に食べるお菓子のイメージが強いかと」

「シナモンロール……」

「蜜柑崎さん。にわかに顔色が曇りましたね」

「い、いや、そんなことないよ」

実はそんなことある。あれは高校一年生のときだ。僕は友人たちと一緒に、初めて街に一軒しかないおしゃれカフェに行った。まだ高校生になりたてで、この手の初体験を早く済ませたいと焦る年頃だった。

緊張しながらカウンターに並んでいると、僕らの順番が回ってきた。なにを注文すればナメられないだろう？　事前に議論を重ねていた僕たちは、こずるく前の客が頼んだものをそのままオーダーした。

すなわち「シナモンロールとエスプレッソ」だ。

「さては蜜柑崎さん。以前にカフェで注文したシナモンロールが、ぱっさぱさで口の中の水分を全部持っていかれた上に、無駄に量が多くて食べ切るのに難儀した経験がおありですね？」

まったくもってその通りだった。最初のひとくち目こそ甘ったるさに感動したものの、以降は口にクッションを詰めこまれたような食感が延々と続いた。

一緒に頼んだのも、おちょこみたいに小さなデミタスカップにエスプレッソがワンショットだけで、果てしない苦みと水分の枯渇に苦しんだ僕たちは、「おしゃれカフェなんてもうこりごり」と、卒業するまで野山を駆け回ってすごしたのだった。どっとはらい。

「さすが麦さん。相変わらずの名推理だね。なんでわかったの？」

「推理じゃないですよ。おしゃれなお店でシナモンロールやペンネを頼んで途中で食べ飽きるのは、女性がみんな通る道です」

「そういうものなんだ」

「ええ。でもそれは食べかたの問題なんです。こちらを召し上がってください」

かつての悪夢がよみがえってくる。しかし麦さんの勧めでは断れない。

見たところブーランジェリーＭＵＧＩのシナモンロールは、以前に食べた巨大な正方形と違って平べったかった。量が少ないのは正直ありがたい。

しかし問題は食感だ。僕はナイフとフォークでシナモンロールを切り分け、ぱっさぱさを回避すべくアイシングが多めにかかった部分を口へ運ぶ。

「……まいです」

その予想外のおいしさに、思わず豊穣《ほうじょう》の神への感謝がこぼれた。

「麦さん、これ前に食べたのと全然違うよ。本当にシナモンロールなの？」

一番の違いはその温度だ。

このシナモンロールはあたたかい。そのおかげかは不明だけれど、生地が焼きたてパンのようにふんわりやわらかかった。溶けたアイシングが断面を流れるさまも、パンケーキのメープルシロップを彷彿《ほうふつ》とさせる。

「そうですよ。蜜柑崎さんが以前に食べたものと同じです」

とてもそうは思えない。このシナモンロールは口に入れるとバターの芳醇《ほうじゅん》な香りが漂い、スパイシーなシナモンが食欲を刺激してパクパク食べられる。

たまにある生地が焦げた部分は砂糖がザラついていて、カステラの茶色いところみたいな味わいがあった。おかげで飽きがまったくこない。

「以前にも言いましたが、パンは種類によって食べ頃が異なります。バゲットは焼きたてがおいしくて、角食《かくしょく》は焼成から時間が経《た》ったほうが水分が均一になって味が整います」

「そうなんだ。なんでもあったかいほうがおいしい気がしてたけど」

「パンはあたため直すと食感が変わるんです。冷めてもおいしいというのがパンの基本設計ですけど、シナモンロールのような菓子パンは、少しあたためてから食べると日本人好みのやわらかい食感になります」

なるほど。国内でも西と東でうどんの味はまったく違うし、ヨーロッパには米に砂糖をかける国もある。僕がもさもさと感じてしまう、冷めたシナモンロールを好む人もいるのだろう。

「ではここで、シナモンロールを冷めたのものに交換します」

麦さんが僕の食べかけと自分のお皿を入れ替えた。

「えっ、なんで」

「そんなに悲しそうな顔をしないでください。こっちはアイシングが固まっているので、手で召し上がってくださいね。ささ、騙《だま》されたと思って」

いつもは光のない麦さんの目が、なぜかわくわくと輝いていた。テーブルの上のフォカッチャまでが、僕の挙動を見守っている。

僕は諦観《ていかん》の念で冷めたシナモンロールをかじった。

「……うん。これは……うん」

決しておいしくないわけではない。でもあたたかいものを食べてからだと、バターの風味が薄れているように感じる。生地も先ほどより密度が濃い。食べると言うより挑むような感覚がある。甘さも口の中ではなく唇に残った。

「はい！　そこでカフェオレをぐいっと！」

いきなり言われてもと思いつつ、体は素直にカフェオレを飲んだ。甘くあたたかい味わいにほっとなりながら、もうひとくちシナモンロールをかじる。

「蜜柑崎さん。いま冷めたシナモンロールを、再び食べましたね？」

「え？　あ……うん。なんでだろ？」

「それが『マリアージュ』よ」

厨房《ちゆうぼう》からコックコートを着た月子《つきこ》さん――麦さんのお母さんが現れた。

「あ、どうも。ええと、『マリアージュ』ってあれですよね。ワインと料理があうみたいな話ですよね」

「そう。『マリアージュ』はフランス語で結婚の意味。転じて夫婦のようにお互いを引き立てる、相性のいい食べ物の組みあわせのことね」

「私たちみたいにな」

背後から現れたヒゲの男性が、月子さんの肩に手を置く。高津オーナーは麦さんのお父さんだ。この夫婦は麦さんと正反対で、やたらと気さくな性格をしている。

実際、高津夫妻と麦さんは血がつながっていない。

ふたりはその事実を娘に隠している。それは麦さんが謎解き好きになった原因でもあるけれど、いまはひとまず「マリアージュ」の話を聞こう。

「今度、うちのお店で望口《のぞみくち》マルシェに出ることになったのよ」

「マルシェ、ですか？」

「『マルシェ』はフランス語で市場《いちば》の意味。望口駅のペデストリアンデッキで、業種を問わずいろんな店が屋台を出すお祭りよ」

ふむふむとうなずいていると、オーナーが続ける。

「いままでもパンを中心にしたイベントには参加していたんだよ。しかし今回は地元の店限定でね。だから地域密着という意味でも、うちは『マリアージュ』をテーマにしてみたんだ。それでどうせなら、麦に屋台を任せようとなってね」

高津夫妻が顔を見あわせて笑う。いままでは娘が店を継ぐことに表向きでは難色を示し、裏でしみじみ喜ぶという複雑な親心があった。しかし麦さんの決意の固さを知って、ようやくおおっぴらに応援する気になったらしい。

「なるほど。だから麦さん、ちょっと浮き足立ってたんだ」

「浮き足立ってません」

むぎゅっとフォカッチャを抱きしめて、麦さんが無表情のままそっぽを向いた。しかしその耳は果てしなく赤い。

「なんてかわいらしい……」

「蜜柑崎くん、心の声出てるよ」

オーナーに言われて咳払いでごまかす。

「マルシェに持っていけるパンは限りがあります」

仕切り直すように麦さんが言った。

「ほかの出店を見るとドイツビールの屋台があります。なのでプレッツェルは外せません。地元の農家さんも野菜の直売を行うそうなので、角食やバゲットでサンドイッチにしてくださいというアピールもできます」

「なるほど。確かに『マリアージュ』だね」

月子さんが言った『お互いを引き立てる』だ。商品の種類が豊富なパン屋ならではの戦略だろう。

「はい。ですが……」

麦さんが無の面持ちのまま眉だけを下げる。

「うちの自信作なので、わたしはシナモンロールを持っていきたいんです。でも屋台で販売する以上、あたたかいまま提供するのは困難です」

「そうだね。でも冷めたシナモンロールだと、日本人の好みにあわない。だから麦さんはあたたかい飲み物との組みあわせ――『マリアージュ』で、シナモンロールをおいしく食べてもらおうと考えたわけだ」

「ご明察です」

うなずきが力強い。マルシェへの意気ごみを感じる。

「シナモンロールはカフェでも提供されるように、コーヒーとの組みあわせが定番です。エスプレッソこそベストカップルと推す人も多いです」

「個人的には同意できないけど、甘いパンに苦いコーヒーはあうね」

「ええ。でもコーヒーは苦手な人も多い飲み物です。今回はお子さまにも食べてほしいので、あたたかくて飲みやすいものをと考えました」

それで「カフェオレをぐいっと!」なわけだ。

「だったら正解じゃないかな。僕は好みにあわない冷めたシナモンロールを、カフェオレを飲んでからまた欲しくなったし。実際二口目はおいしく感じられたよ」

「いいえ」

麦さんが顔の前でちっちと指を振った。さっきの「フリーズ！」もそうだけど、麦さんはときどき所作が探偵や刑事になる。ドラマと映画の影響らしい。

「方向性が間違っていなかっただけで、まだベストカップルとは言えません。カフェオレの甘みが弱くなりますから」

「甘いもの同士だしね。あ、じゃあホットミルクとかは？」

「お子さまにも、という視点では正しいと思いますが……」

「望口に牧場なんてないし、普通のミルクは屋台で売らないか」

仮に売ったところで買う人も少ないだろう。ホットミルクを飲食店で購入するのは割高感がある。マリアージュを楽しみたい人は、シナモンロールをテイクアウトして家で牛乳をあたためるはずだ。

「そこで蜜柑崎さんにお願いです。わたしと一緒に、シナモンロールにあう飲み物を探してください。代わりにわたしは、蜜柑崎さんのお悩みを解決します」

深々と下げられた頭の三角巾から、少しだけ見える耳たぶが赤い。手元のフォカッチャが不思議そうに飼い主の顔を見上げている。

ふと思う。麦さんは僕の告白をどう受け止めたんだろうか。やたらと赤くなったり妙なテンションだったりするのは、マルシェに興奮しているだけなんだろうか。

「だめ……ですか？」

「あ、いや、全然大丈夫。僕でよければお手伝いするよ」

考えてもしかたがない。ニガリの分析によれば僕は不利な状況だ。ここはぜひともいいところを見せて、好感度の下落を防ごう。

「よかった。実はマルシェの開催まであまり日がないんです」

「そうなんだ。開催はいつ？」

「今度の土曜日です」

「今日が木曜日だから……実質一日」

もっと早く教えてと言いかけて飲みこむ。いまでこそ暇人だけれど、今月の僕は就活でてんやわんやしていた。麦さんは僕に気を使ったのかもしれない。

「なので蜜柑崎さん、これからお時間ありますか？　わたしは配達に行かなければならないので、お手数ですが歩きながら打ちあわせできればと」

一も二もなく了承すると、麦さんはほっとしたようだ。自室に着替えに戻るというので、カフェオレを飲みながら待つことにする。

ふいに視線を感じた。テーブルの上でフォカッチャがじっとこちらを見ている。いつものように眠たげな目でもなく、怒ったときの三角目でもない。はっきりとした意思を感じる強い目つきだ。

「なに？ 僕になにか言いたいの？」

フォカッチャがとてとて歩いてきた。そうしてなんの前触れもなく、いきなり僕の指を嚙《か》む。

「あいたっ。なんだよ。僕なんか怒らせるようなことした？」

フォカッチャはすねたようにテーブルの上で丸まった。針は寝ているので怒っているわけではなさそうだけれど、指先を嚙んだ意図は判然としない。

「飼い主に似て、考えてることがさっぱりわからん」

でもなんとなく、ハッパをかけられたような気分にはなった。

「昨日は職場のみなさんと顔あわせだったんですよね。いかがでした？」

麦さんと電車に乗り、ふたつ隣の駅へとやってきた。目的地まで歩きながら、ひとまずは当たり障りのない話をしている。

「歓迎会の皮をかぶった会議だったよ。みんなおもちゃが好きというか、熱い人が多くて。春から働くのがますます楽しみになったよ」

昨日もこんな風に並んで歩いた末、僕は突発的に告白を決行した。その後に飲み会へ向かう電車の中では、ずっと心臓が破裂しそうだった。

いまだって僕はドキドキしている。でも麦さんは普段通りの無表情。飼っているペットに似て、考えていることがさっぱりわからない。

「それでは、蜜柑崎さんの抱えている問題をうかがってもいいですか？」

「いや、それは……」

「わたしは自分の秘密をすべて打ち明けました。それでもまだパートナーとして信用してもらえませんか？」

そういう意味ではなく、もっとしょうもない理由ですとは言えない。変に誤解される前に話したほうがいいだろう。

「本当にたいしたことじゃないんだ。実は学校で――」

僕は部室で起こった出来事を説明した。

「……しゃもじ、ですか」

「うん。だから問題ってほどじゃないんだ。雰囲気は少し悪くなったけど、明日にはたぶん元通りだよ」

だから麦さんの手を借りる必要はないと、言葉の端で匂わせる。本当はぜひとも頼りたいけれど、春に返事をもらうまでは甘えたくない。

「ちょっと時間をください」

麦さんはあごに手を当てて視線を落とした。集中して考えたいのだろう。

僕は手持ちぶさたに辺りを見る。

半年前にふたりで訪れた街と似た景色だった。表札代わりに時計を掲げた家の謎を解くため、猛暑の中で張りこみをしたのがなつかしい。

いまの麦さんは、映画の中でベテラン刑事が身につけていそうなトレンチコートを羽織っている。けれど横顔はあの夏の日のようにまぶしい。

「友だちは、大切なものです」

出し抜けに麦さんの口が動いた。慌てて「そうだね」と相づちを打つ。

「蜜柑崎さんが犯人として名乗り出たとき、誰も責めなかったんですよね？」

「責める前に、僕の嘘が見透かされたからね」

「仮にほかの人が犯行を自供したら、どうなっていたと思いますか？」

どうだろう。ニガリは僕のようにイージーなミスをしないから、追及されてもボロを出さないはずだ。僕らはあっさり信じこみ、責めるよりも「ニガリが代替に買ってきそうな意識高いしゃもじ大喜利《おおぎり》」で盛り上がりそうな気がする。

丼谷はみんなから一番信頼されているから、自分が壊したと打ち明けても「あっそう」で終わるだろう。

イエモンの場合はいかにも、「うっかり壊したものをごまかすために小細工をするタイプ」なので、さもありなんと呆《あき》れられるだけだ。

「理由はそれぞれ違うけど、犯人がわかって一件落着かな」

「となるとこの事件、犯行は外部の人間によるものですね。『め組』に所属するみなさんには、嘘をつくメリットがありませんから」

確かにそうだ。壊した失《な》くしたと申告しても、僕らは誰も責めたりしない。

「段々しぼれてきましたね。いつもご飯は何合炊きますか？」

「だいたい二合かな。僕はほとんど小盛りだけれど、ほかの三人がおかわりするから残ることはないよ」

以前は僕も大盛りだった。最近はブーランジェリーMUGIでおやつにパンを食べることが多いので、腹八分目を心がけている。

「その日も小盛りだったんですか？」

「えっと……あ、思いだした。確か食べ始める前に、お釜に戻したんだ。ちょっと多いよって、お箸でちょいちょいと」

なるほどとうなずき、麦さんがまたあごに手を当て推理に戻る。僕の腹具合なんて事件に関係するのだろうか。

「炊飯器のお釜は、いつどこで洗いますか？」

「それは人によってまちまちだね。ニガリは食べ終わって即。僕の場合はすぐに洗うこともあるし、帰り支度をして『忘れものないかな』って部室を見回したときに気づくこともあるよ」

「それなら忘れたまま帰ってしまうこともありますか？」

「まあときどき。イエモンなんかは普通にサボるから、翌日の炊飯担当が米を研ぐ前に洗うことが多いんだ。たいした手間じゃないから誰も怒らないしね。洗うのは廊下へ出たところにある、部室棟共同の炊事場だよ」

「フォカッチャ！」

突然の大声に「うわっ」と驚く。フォカッチャとはイタリア生まれの平たいパンの名称であり、麦さんが愛するハリネズミの名前であり、なにかを閃《ひらめ》いたときに口にする僕たちだけの符丁《ふちょう》だ。

「早い。もうわかったの？」

「犯人の特定はまだですが、事件の全体像はつかめました」

麦さんがにやりと笑う。解決の糸口を見つけたときの麦さんは、いつもこんな風に悪い顔をする。笑い慣れていないだけで悪意があるわけじゃない。

「犯人はしゃもじを持ち去りました。その理由はひとまず置いて、犯行前にご飯をよそっていったのはなぜでしょうか？」

「ええと……ご飯をよそってなかった場合、誰かが食事の支度を始めた時点で事件が発覚するから？」

「半分正解ですね。しゃもじの紛失が発覚するタイミングは三回あります。まずご飯をよそっていなかった場合は配膳のとき。よそってあった場合はおかわりのとき。そして最後に洗い物のときですが……」

「それは人によって違うよね。おおまかに分ければ当日か翌日か」

「ええ。それを知らなかったことが犯人のひとつ目のミスです」

そう聞いて僕は胸をなで下ろした。少なくとも僕らは誰がいつお釜を洗うか知っている。麦さんの推理によれば、「め組」の中に犯人はいないということだ。

「『ひとつ目』ってことは、ふたつ目のミスもあるの？」

「そうですね。犯人は知らなかったんです。蜜柑崎さんが少食であることを」

「あ、いや、別に僕は食が細いわけじゃなくて、麦さんとパンを食べたいから腹八分目を心がけているだけであって、本来は朝からカツ丼いっちゃう大飯食らいで、決してダイエットとかを意識しているわけじゃあ……」

弁解するように男らしさをアピールすると、麦さんがふふっと笑った。

「知ってますよ。蜜柑崎さんはいつもおいしそうにパンを食べますし」

いまのは純然たる笑顔だったと思う。今日の麦さんはいつもと違う気がしていたけれど、謎を解いているときはやっぱり自然体だ。

「ごめん、話の腰を折ったね。犯人は僕の腹八分目を知らなかったって言うけど、それってお釜にご飯を戻す人間がいないと思ってた……ってことだよね？」

「ええ。全員の丼にご飯をよそっておけば、『おかわり』は発生しない。犯人はそう考えたんでしょう。仮におかわりが発生しなかった場合はどうなりますか？」

「しゃもじがないと気づくのが洗い物のときになるから……あっ、そうか。事件の発覚が最長で明日の昼になる。いやでも、当日に発覚する可能性もあるよね？」

「そうです。逆に考えれば、犯人はしゃもじを『いったん借りて』、翌日に戻すつもりだったのかもしれません。その日のうちに洗う可能性を知らなかったか、そこまで考えなかったかで」

部室棟に居を構えているのは、大学からの公認を受けていない有象無象だ。互いのことはよく知らないけれど、「め組」がいつも共同炊事場で米を洗っているのを見ている人間はいるだろう。

面識のない相手に頭を下げてしゃもじを借りるより、そっと持ち出して翌日こっそり戻すほうが楽――そう考える人間がいても不思議じゃない。

事件の犯人は、「め組」以外の非公認サークルに所属する人物になりそうだ。

「すごいね麦さん。僕から話を聞いただけで、そこまで推理するなんて」

「わたしはお役に立てましたか？」

もちろんとうなずいてみせると、麦さんは『よく寝て起きた女神』の顔でのびやかに笑った。これこそ謎が解けて心に安らぎが満ちた証。僕はこの表情を見るために生まれてきたと言っても過言ではない。

「ありがとう。僕も麦さんの役に立たないとね」

「蜜柑崎さんの友情に感謝します」

「友情……」

「どうかしましたか？」

平常運転の無表情に戻ったので、麦さんの感情は読み取れない。嫌われてはいないと思うけれど、恋人にはなれないと釘《くぎ》を刺された気もする。

「なんでもないよ。ところでマリアージュの話だけど、組みあわせを考えるのは、マルシェに参加するほかのお店のメニューから？」

「そうなんですが、飲み物を出すお店自体があまりないんです」

麦さんが出店リストと主なメニューを見せてくれた。『有久井《ありくい》印房《いんぼう》』というお店に丸がついている。コーヒー類とハンコを販売するらしい。

「どんな組み合わせなんだ」

「そこ、宇佐《うさ》ちゃんのバイト先です。コーヒーがおいしいらしいし、うちでパンも卸しているんですけど、なぜかお店には入れてもらえません」

筑紫野《つくしの》宇佐さんは麦さんの親友だ。仲はいいけれど麦さんの謎解き好きに辟易《へきえき》しているらしいから、面倒を避けるべくあしらわれているのだろう。

「ほかの候補は……ジューススタンドとスープ屋さんだね。麦さんの理想に近いのはスープのほう？」

「ええ。あたたかいし、味のほうも甘いシナモンロールと正反対でいいと思ったんですが。試してみたらいまひとつで」

どうやらシナモンがくせもので、スープの風味を打ち消してしまうらしい。スープとパンのマリアージュという点では、やはりプレーンなバゲットが一番おいしく感じられたそうだ。

「これは難問だね。シナモンに負けず、あたたかくて、誰でも飲めるようなもの。それこそお茶とか紅茶しかないいんじゃないかなあ」

「わたしもそう思います。でもお茶や紅茶は、なんにでもあうんですよね」

「ベストカップルとは言えないと」

「はい。お互いがベストのパートナーと言えるからこそ、マリアージュなんだと思います。そうでなければ組みあわせる意味がありません！」

麦さんが急に語気を強めた。びっくりして固まっている僕に気づくと、取りつくろうようにこほんと咳払《せきばら》いをする。

「そういうわけですので、明日はまずジューススタンドへ行きたいと思います」

「了解。ところで今日の配達先にはまだ着かないの？」

駅前からはずっと歩き通しで、辺りは閑静な住宅街になっていた。僕としてはそろそろどこかでひと息入れたい。

「いえ、着きましたよ。ここです」

麦さんがこぢんまりした一軒家を指さす。しかし普通の家と違い、一階がガラス張《ば》りになっていた。中の設備を見ると美容院だとわかる。

「ここってひょっとして、麦さんが通ってるお店？」

「はい。陽子《ようこ》さんはわたしが小さな頃からうちの常連さんです。お客さんというよりは家族同然ですけど」

以前にそんな話を聞いたことがあった。麦さんのハーフアップという髪型は、その陽子さんに楽だとそそのかされたらしい。

実際は編むのが面倒でやめようとしていたけれど、僕が編みこみ部分を「パンに似ている」と評したことから、麦さんはいまもこの髪型を続けている。とても似合っているので過去の自分を賞賛したい。

「こんにちは」

麦さんがゆるやかなスロープを上り、自動ドアを通って店に入る。

こういうお店で自動ドアって珍しいなと思いつつ、僕もあとに続いた。

「いらっしゃい。待ってたわ」

出迎えてくれた陽子さんは、僕の想像した人物とは色々違っていた。

まず第一に、陽子さんは尋常でなく美しい人だった。

白いブラウスから覗く細い腕。涼やかな目元にくっきりと引かれたアイライン。肩につかない程度の髪は、品のいい栗色に染められている。

単にきれいなだけなら「想像以上に」で済むけれど、陽子さんの美しさはまるで「想像上の」王子様だった。年齢どころか性別すらもわからない。なのに僕は見とれてしまっている。

そして想像していなかった第二の点は、陽子さんが車椅子に乗っていたことだ。

店内を見回すと、外からは小さな建物だと感じたのに中は開放感がある。それもそのはずで、通常ならいくつか設置されているカット椅子がひとつしかなかった。二階は住居のようだけれど階段はなく、代わりに家庭用のエレベーターが設置されている。すべてが車椅子向けの造りだ。

「彼は……麦のボーイフレンドなの？」

車椅子の車輪を回しながら、陽子さんが信じられないという顔で近づいてくる。

「蜜柑崎さんはただの友だちだよ」

僕とはずっと丁寧語で話す麦さんが、陽子さんとはずいぶんくだけた口調だ。

それに嫉妬すべきかはさておき、また「友だち」、しかも「ただの」と断定されたことに、僕は心で落涙した。

「そう……麦もそんな歳になったのね……」

しみじみとつぶやいた陽子さんの瞳が、かすかに揺れている。

「ごめんなさい。歳を取ると涙もろくって。蜜柑崎くんだったわよね？　よくきてくれたわ。あたしはこういうものよ」

陽子さんがレジカウンターから取ったカードをくれる。名刺だった。

『美容院　ＹＯＫＯ　オーナー　安陽子友秋《あびしともあき》』

「珍しい名前でしょう？　みんな読めないから陽子《ようこ》って呼ぶの。高津さんのところとは二十年以上おつきあいさせてもらってるから、麦とはもう親子みたいなものね」

名前からすると男性なのだろう。でも「よろしく」とウィンクされたとき、僕は王子様に憧れる女の子みたいに自分が赤くなるのがわかった。

「でも本当にびっくりしたわ。まさか麦が彼氏を連れてくるなんて」

「だから彼氏じゃないってば」

そうやって麦さんが否定するたびに、僕の肩はずんと重くなる。

「そうそう。麦はパンを持ってきてくれたんでしょ？　ソファで待ってて。いまお茶を入れてくるから」

「いい。わたしがやるから陽子さんは座ってて」

麦さんが陽子さんを制止し、レジカウンターの裏に消えていった。

「おかしな子ね。あたしはいつも座ってるのに。もしかして、麦は蜜柑崎くんにいいところを見せたかったのかしら？」

全体的に反応に困る言葉だったので、僕は「ははは」と曖昧に笑う。

「ねえ聞いていい？　蜜柑崎くんは麦の同級生？」

「あ、いいえ。麦さんとは大学も学年も違って、僕は再来月に卒業です。春からはおもちゃ会社で働くことになっています。まあ待遇はバイトですけど」

「そこまで正直に言わなくてもいいのに。かわいい子ね」

陽子さんがくすくすと笑って流し目を送ってくる。

「麦とはいつ頃からつきあってるの？」

「ええと、その、僕はまだ麦さんと交際しているわけではなく……」

「『まだ』？　じゃあ虎視眈々《こしたんたん》と狙っているのね」

「そうです。じゃなくて、あの、その……」

以前に高津夫妻と話したときも、僕はうっかり『まだ』と言ってしまった。嘘がつけないほど不器用なつもりはないけれど、麦さんとのことに関してはいつも本音がぽろぽろとこぼれる。

「本当に正直者ね。麦のどこが好きなの？」

「すみません陽子さん。そろそろ勘弁してください」

僕は逃げた。なんとなくこの人は苦手だ。うまく説明できないけれど、口調や態度ほど心は友好的でない気がする。

「ごめんなさい。質問攻めにしちゃったわね。麦がきちんと男の子から好かれる女の子になったと思うと、うれしくなっちゃって」

陽子さんがまた瞳を潤《うる》ませた。僕に対する感情はともかく、この涙は本物であるように思う。悪い人ではないのだろう。

「そうだわ。お詫《わ》びと言ってはなんだけど、蜜柑崎くん髪を切っていかない？」

「髪、ですか？」

カット台の大きな鏡に目をやる。いつも短くしているけれど、ここのところ倹約を意識しているので少々伸び気味だった。

「顔には人のよさが出てる。スタイルにも不可なし。これで髪型がおしゃれになったら、蜜柑崎くんイケメンの部類よ」

僕が、イケメン……？

「麦もときめいちゃうかもね」

麦さんが、ときめく……？

「蜜柑崎さんも陽子さんも、コーヒーでいいですよね……って、なぜ素早い身のこなしで髪を切る準備を？」

戻ってきた麦さんが、ケープに袖を通した僕に不審の目を向ける。

「いやほら、最近ちょっと長めになってたから」

「……陽子さんにそそのかされたんですね。『美男子になれる』とか言われて」

「ち、違うよ」

「麦だって、蜜柑崎くんがかっこよくなったほうがいいでしょう？」

陽子さんが間に入ると、麦さんは「関係ないし」とそっぽを向いた。

「あらあら照れちゃって」

笑う陽子さんが僕の髪を濡《ぬ》らし始める。いまのは本当に照れなんだろうか。表情だけ見ると、本当に「関係ない」と思っていそうな気がする。

「ところで麦。フォカッチャは元気にしてる？」

「うん。前まで臆病だったけど、最近は好奇心旺盛」

「あらそう。じゃあお見合いとかしてみる？　うちのお客さんに、ペットショップを経営してる人がいるの。ハリネズミのお見合いもやってるらしいわよ」

陽子さんは話しながら器用に髪をカットしている。合間に少しずつ車椅子を動かして角度を変えているけれど、手が止まる様子はまったくない。

「フォカッチャもいい歳だから、お見合いも考えてはいるんだけど……」

いまの麦さんはマルシェのことで頭がいっぱいなんだろう。愛するフォカッチャのことすら考える余裕がないなら、いわんや僕の告白をや……なんだろうか。

「自分が若いと結婚なんて遠い未来の出来事に思えるけど、麦だってもうしてもおかしくない年頃よ。家族を持つ意味はちゃんと考えておきなさい」

麦さんにとってはセンシティブな話題だ。大丈夫かなと鏡越しに様子を見たかったけれど、車椅子の陰で確認できなかった。

「珍しいわよね。車椅子の美容師なんて」

「あ、いや……そうですね。大変ですか？」

視線を誤解されてしまったので、ひとまず話をあわせておく。

「若い頃に事故で脊髄をやっちゃってね。両足が麻痺《まひ》しちゃってるの。でももう二十年以上車椅子だから、たいがいのことは普通にできるわよ。一応は腕もいいって言われてるしね」

入浴時には専用のリフトがあるし、この街は望口と違って駅からずっと平坦《へいたん》で買い物も楽。日頃から上半身も鍛えているから、日常生活に不便はないらしい。陽子さんは福祉車両——手元でペダル操作を行う車の運転までできるそうだ。

「ただ車があっても出不精なのよね。あたしたちみたいな人間が、外出で一番困るのってなんだと思う？」

「なんだろう……段差とかですか？」

「段差はね、ある程度は迂回《うかい》できるの。横断歩道がなくて歩道橋ばかりの都会にはうんざりだけど」

思わず「なるほどー」と声が出てしまった。不謹慎かもしれないけれど、自分と違う視点で生きている人の話は興味深い。

「とにかく困るのはトイレなの。車椅子のまま入れる多目的トイレって、まだまだ少ないのよね。もちろん昔に比べたらずっと増えたけど、外出している間ずっとトイレの心配をするのはしんどいわ」

すっかりおなじみになったバリアフリーという言葉で連想するのは、階段脇のスロープなどだ。けれど陽子さんのような人にとっては、まだまだ日常の中にバリアがあるのだと思う。

「だからこの仕事ってほんと天職よ。あたしが出かけなくても毎日お客さんがきてくれるからね。麦や月子さんも遊びにきてくれるし。というわけで、最初の質問の答えはこうなるわ。蜜柑崎くんが想像するほど大変じゃないわよ」

　さらっと省かれたオーナーに同情しつつ、僕は陽子さんの話に聞き入った。

　春のお花見には麦さんが毎年連れ出してくれるだとか、お客さんがよくお土産を持ってきてくれるだとか。まあ陽子さんの美しさを前にすれば、男女を問わず誰でも貢ぎたくなるだろう。

　そんな風に楽しくおしゃべりする間も、陽子さんはときどき僕に敵意のこもった視線を向けてきた。気のせいかもしれないけれど、どうも落ちつかない。

「どうかしら麦。蜜柑崎くん、かっこよくなった？」

　いつの間にかカットが終わり、鏡の中にこざっぱりした僕がいた。一見するとそれほど変化はないようだけれど、毛先の処理や髪のハネ具合が絶妙だ。ひとことで言えばかっこいい。ついちらちらと見てしまう。

「あと一週間で定年退職するベテラン刑事の部下に配属されて、捜査方針でしょっちゅうケンカになる新人の雰囲気ですね」

「それ物語中盤で死んじゃって、ベテランを奮い立たせるための役だよね？」

でもそういう役にキャスティングされるのは若手のイケメン俳優だ。麦さんの価値観は独特だけれど、けっこうなほめ言葉かもしれない。

うふふと気をよくして店を出ると、陽子さんがドアの前で見送ってくれた。

「じゃあね蜜柑崎くん。あ、麦。フォカッチャの見合いは進めておくから」

3

下宿のドアを開けて一歩踏みだすと、地面に霜柱が立っていた。

まだ一月の終わりで真冬の肌寒さだけれど、僕の心には春風が吹いている。

おとといは麦さんに好意を伝え、昨日もずいぶん長く一緒の時間をすごした。おまけに今日も夕方から、ふたりでジューススタンドへと出向く。

こうなると春には色よい返事が期待できそうで気分も上向く。四月からは憧れだった会社で働けるし、卒論もどうにか出し終えた。桜の季節が実に待ち遠しい。

そんな僕の唯一の懸念は、昨日の「め組」内の空気だ。

でもそれだって、麦さんがすでに「しゃもじの謎」を解いてくれている。部室に誰もいない時間に侵入した犯人は、丼にめしをよそってしゃもじを一時的に拝借したのだ。たぶんいま頃は、そっとしゃもじ受けに返却されているだろう。

今日の僕の任務は、みんなに事件のあらましを説明することになる。四人の中に犯人がいないとなれば、ひとまず大きな問題はなくなるだろう。

学校に着いて部室棟に向かうと、僕は鼻歌まじりに「め組」のドアを開けた。

「なぜ昨日言わなかった？」

いきなり丼谷の低い声が響き、僕はびくりと固まる。

こたつに座った丼谷の視線の先では、ニガリが受けて立つような目でにらみ返していた。昨日に引き続き、室内には剣呑《けんのん》な空気が満ちている。

「うわ、蜜柑崎どうしたの？　髪型スゲェかっこいいじゃん」

入り口で立ちつくす僕に気づき、イエモンがヒューと口笛を吹く。

「うむ。好男子である」

「ああ。キャズムを超えたな蜜柑崎。おめでとう」

丼谷とニガリも僕に拍手をくれた。

「いや待って待って。いま丼谷とニガリ言い争ってなかった？　バッチバチの空気がそっちのけになるくらい、僕の髪型いい感じなの？」

三人が一様にうなずく。いままで僕の髪型はどれだけイケてなかったのか。

「腑《ふ》に落ちないけど……かっこいいならまあいいか。それよりも、丼谷とニガリはなにをもめてたんだ？」

尋ねると、ふたりに代わってイエモンがこたつの上を指さした。

「ほら。しゃもじが戻ってきたんだよ」

それを見た瞬間、僕は「あっ」と声を上げる。

僕らの母たる木製しゃもじが、見るも無惨なまっぷたつになっていた。

「こんな……こんなひどいこと、いったいどこの不届き野郎だ！」

僕らのしゃもじを身勝手に持ち去っただけでなく、こんな姿にするなんて。日頃は温厚な僕も怒りを抑えきれない。

するとこたつの左手から、予想もしなかった答えが返ってくる。

「俺だよ」

僕の目を見てニガリが言った。しかしすぐに下を向く。

「なんで……ニガリが犯人だって言うのか？」

「昨日イエモンが言及した通り、寝転がってうっかりヒューマンエラーしてしまったんだ。めしをよそっておいたのは、アーリーアダプターに見つかる前にオーバーホールしようという算段だ。しかしどうにも元に戻せないとわかり、こうしてオンタイムで謝っている」

「あんまり悪びれているように聞こえないなあ」

イエモンの指摘に僕も同意する。明らかに口先だけの謝罪だ。

「ドラッカーと同じさ。俺はこういう人間なんだ」

「いま一度問おう」

丼谷が地の底から響くような声を轟かせる。

「なぜ昨日言わなかった？」

「このしゃもじは、言わば『め組』のキービジュアルだ。それを壊した俺はグローバルに責められて当然と言える。しかし昨日の俺はコンディションが悪かった。ただでさえ丼谷に説教されると、マインドセットが崩壊するレベルで落ちこむ。昨日の昼に俺が白状しなかったのは、フィジカル的な防衛本能によるものだろう。いまは体調もリストアしたから、サバイブできるはずだ」

ニガリは一度も顔を上げずに言い切った。

言葉は筋が通っているように思う。けれど心にまったく響かない。

「さあ、俺を悪徳オンラインサロンの主宰者みたいにののしってくれ」

「ののしらないけどさ。本当にニガリが壊したのか？」

「蜜柑崎。車輪を再発明する気か？　犯人は俺以上でも以下でもない」

相変わらずニュアンスしか伝わってこないけれど、罪を自白している以上はどうしようもなかった。ニガリの自供には僕のような穴もない。

「ニガリって一年のときからそうだよなー。なんでも理論ずくめっていうか！　感情的にならないっていうか！」

「よせよイエモン。ニガリは謝ってるだろ」

僕が肩をつかむとすぐに振り払われた。

「責めてくれって言ってるから責めてるんだよ。最初に『ごめん』って言えば済むだけの話なのに、こいつは仲間を欺《あざむ》いた。欺けると思ったんだ！」

「イエモンにアグリー。俺は相手の気持ちをコモディティ化して、言葉でマウントを取りがちだ。長期的に見ると失敗するセルフブランディングだろう」

ニガリがようやく顔を上げた。むきになっている様子はない。イエモンを見つめる目はいつもと同じく冷静だ。

「ほんとそれ。要は意識高い系バカなんだよね。ただのかっこつけ野郎だ」

「よせってイエモン」

ニガリに向けて立てられた両中指を隠す。

「いいんだ蜜柑崎。イエモンには俺を責める十五の理由がある」

「十五はないけど、丼谷には言うことあんじゃないの？」

「……ああ。謝意は『見える化』すべきだろう」

ニガリがこたつを出て正座した。すると「め組」のリーダーはなにも言わずに部室を出ていく。ドアを開ける手つきはひどく乱暴で、両肩くいっくいを通り越して背中に不動明王の影が見えた。

ニガリの謝罪を拒否するほど丼谷は怒りに満ちている。こんなことはいままでなかった。もう「甘えたくない」なんて甘えている場合じゃない。

僕はその場で部室を飛びだし、ブーランジェリーＭＵＧＩへと走った。


待ちあわせ時間よりも早く店に入ると、頼みの綱の麦さんは不在だった。

「いらっしゃい蜜柑崎くん。噂《うわさ》通り男前になったわね」

売り場に立っていた月子さんによると、麦さんは出かける支度に手間取っているらしい。こんなときに限ってと思わず顔をしかめる。

「そのうちくるから、焦らずフォカッチャと待ってて。そうそう。この子ね、昨日からちょっと元気がないのよ」

月子さんが心配そうに眉を下げつつ、テーブルの上にパン柄の袋を置いた。ハリネズミは夜行性なので、昼間のフォカッチャはこの中で眠っている。袋からはみだした無防備なおしりを見ると、たかぶっていた気持ちが少し落ちついた。

今日は金曜日だ。次に「め組」が集まるのは月曜日なんだから、ここで急《せ》いてもしょうがない。いまの僕たちに必要なのは「和《なごみ》」だ。

「フォカッチャ、元気ないんだって？」

声をかけると、おしりが動いてもぞもぞ顔が出てきた。寝起きだからか針を立てる様子もなく、フォカッチャはぼけっと僕を見上げている。

「こうやって、ふたりで話すのはいつ以来だっけ」

人差し指を近づけると、フォカッチャはすんすんと鼻を動かした。今日は指に嚙みついてくる様子もない。

「そろそろお見合いする年頃だって？」

フォカッチャがぴんと両耳を立てた。そうしておもむろに立ち上がり、僕をじいっと見上げる。

かと思えば、ふっと遠くへ目をやった。人間で言えば、なにかを思い詰めているような仕草だ。

「悩みがあるなら相談に乗るよ。麦さんとケンカでもした？」

半分冗談のつもりで聞いてみたけれど、フォカッチャは返事をするように「フシュ！」と鳴いた。本当に言いたいことがありそうに見える。

かといって、僕にハリネズミの気持ちがわかるわけじゃない。人間が彼らにできるのは、「こう思っていそうだな」と当て推量をするくらいだ。

「今日の僕はさ、麦さんに悩みを相談しようと思ってきたんだけど、本当はなるべく甘えたくないんだよね。だからよかったら、フォカッチャが代わりに聞いてくれないかな？　僕もフォカッチャの元気がない理由を想像してみるから」

僕は順を追って「しゃもじの謎」の概要を話した。

いままで僕と麦さんが謎解きに行き詰まるたび、フォカッチャはヒントを与えてくれている。もちろん僕たちが勝手に解釈しているだけだけれど、フォカッチャに向かって話していると気づきを得るのは事実だ。

「――というわけでさ、麦さんは外部の犯行説を唱えて、僕もそれが真相だと思ったんだよ。けど犯人はニガリだったんだ。それがどうも腑に落ちなくてさ」

フォカッチャは後ろ足で耳をぱしぱしかいていた。話の長さに飽きたようにも見えるけれど、名探偵が考え事をする仕草にも感じられる。

それにしても、僕はなぜニガリ犯人説に納得できないんだろうか？　ニガリの証言におかしな点はない。丼谷にお説教されると自己嫌悪に陥《おちい》るのは事実だし、体調が悪かったから逃げたという理屈も理解できる。

「でも……それがニガリっぽくないんだよな。イエモンが言うほど四角四面な性格じゃないっていうか、言葉は冷静だけど性格は感情的っていうか」

つぶやきながら様子をうかがうと、フォカッチャはテーブルの上で「く」の字になっていた。単に伸びをしているのか、それともやっぱり元気がないのか。

「元気がない……そもそも昨日のニガリって、体調悪かったっけ？」

思い返してみても、本人が不調だと言っていた記憶がない。事件が発覚するまでは豆腐丼を食べながら、ＰＤＣＡがどうのといつもの調子だったはずだ。

まあわざわざ口に出さなかっただけかもしれない。でもなにごとにも意識の高いニガリは、体調もアスリートレベルでコントロールしている。健康状態に不備があったら、休んで体力の回復を図るはずだ。

「……待てよ。昨日体調が悪くなかったなら、ニガリは素直に謝ったはずだ。でも実際にそうしなかったということは、本当に体調不良だったか、あるいは……」

仰向けに寝転がったフォカッチャが、そのまま腹筋で体を起こそうとしている。たいして頭が持ち上がっていないので、筋トレしているというより自分のへそを探しているみたいだ。

「……そういえば、昨日ニガリが言ってたっけ。僕が嘘をつくときに、へそを見るくせがあるって」

そんな自覚はない。むしろ昨日のニガリのほうがずっとうつむいていて、自分のへそを見つめているようだった。

「……もし、ニガリが嘘をついているとしたらどうなる？」

昨日は体調不良だったという証言が嘘だった場合、ニガリはしゃもじを壊してすぐに謝っただろう。実際にそうしなかったということは、自供の全体が嘘になるんじゃないか？

「でも、こたつの上には壊れたしゃもじが載っていたしなあ……」

ヒントを得ようとフォカッチャを見ると、なにやら入り口のドアを気にしている様子だった。

普段はお客さんがきても気にしないので、麦さんを待ちわびているのだろう。ブーランジェリーＭＵＧＩは二階が住居になっていて、売り場からの行き来は外階段でしかできない。

「もうそろそろくるのかな。ありがとうフォカッチャ。麦さんの代わりに話を聞いてくれて助かっ……あっ、フォカッチャ！　『代わり』だ！」

ふいに気づきを得た僕は、慌ただしくイエモンにメッセージを送る。

『今日、最初に部室に入ったのはニガリか？』

返事はすぐにきた。

『だね。そこに気づくとはやるじゃん蜜柑崎。あいつは犯人じゃないよ』

『だったらなんであんなに糾弾したんだ』

『ゴメス。もうスタジオ入るわー』

待ってくれとメッセージを送ったけれど既読にならなかった。

ああもうとぼやいていると、店のドアが開く。

「蜜柑崎さん！　もういらっしゃってたんですか……？」

戸惑う麦さんを見て、僕も少なからず困惑した。

「えっと……麦さん。これからパーティーにでも行くの？」

麦さんがいま着ている服は、ピアノの発表会というか結婚式の招待客というか、とにかくいつものナチュラルさとはかけ離れた深紅のドレスだった。

腕にも日頃のパン柄トートバッグやクロワッサンリュックではなく、月子さんに似合いそうな革のバッグをかけている。

「いいえ。蜜柑崎さんとジューススタンドで試飲ですよ。なぜですか？」

「そ、そっか。なんかいつもと雰囲気が違うなって」

髪型こそハーフアップのままだけれど、毛先も普段の三倍ふわふわだ。

「気のせいですよ」

そんなわけがないことは、警戒心むき出しで鼻を鳴らすフォカッチャを見れば一目瞭然だろう。どうやら匂いも違うらしい。

「では行きましょうか」

「え、もう行くの？　予定より早いけど」

「マルシェは明日ですから。決まらなかったら代案を考える必要もありますし」

麦さんがコツコツとヒールを鳴らして店を出ていく。

「……いったいなにがあったんだ？」

フォカッチャと顔を見あわせ不思議がり、僕は耳慣れない足音を追った。

薄曇りの空の下で、麦さんがぶるりと肩を震わせる。

コートはいつもと同じベテラン刑事だったけれど、ドレスはけっこう肩が開いていた。あれではさぞかし冷えるに違いない。

「寒いね。もう少し早く歩こうか」

麦さんがぶんぶんうなずいて歩調を速める。声も出せないほどらしい。

幸い目的地のジューススタンドは、ビル地下にあるフードコートの一坪店舗だ。いまより寒いということはない。

「けっこう混んでるね」

フードコート内は、制服を着た学生たちや子連れのママで賑《にぎ》わっていた。中央には持ちこみ自由の座席があり、周囲にラーメン店やらバーガーショップがモノポリーみたいに隙間なく並んでいる。

「ここにくるまでで体が冷えたよね。ジュースの試飲はあとにして、あったかい飲み物でも買ってこようか？」

ふたり分の席を確保すると、僕は唇を震わせる麦さんに尋ねた。

「だ、大丈夫です。お客さんと同じ条件にしないと無意味ですから」

まあ正論だけどと、不承不承にジューススタンドの列に並ぶ。

販売カウンターには赤や黄色の液体が入ったタンクが並んでいた。店員さんも含めてトロピカルな雰囲気で、夏にきたかったとしみじみ思う。

「わたしは定番のオレンジ、バナナ、マンゴー辺りを試してみます」

「じゃあ僕は、意外性で野菜を攻めてみるよ」

セロリ、ゴーヤ、モロヘイヤ。こういった日頃は飲まない野菜ジュースにこそ、意外なマリアージュが潜んでいるかもしれない。

アロハシャツの女性店員からSサイズのジュースをいくつも買い、席に戻ってシナモンロールをかじる。そして試飲。

「やっぱり……果物は主張が強いですね。バナナは悪くないんですが、シナモンロールの味が引き立ちません」

「野菜は……マリアージュ以前の問題かな。フルーツとミックスしない場合は、個性的すぎて万人におすすめできないよ」

苦いという意味では、シナモンロールの甘さが恋しくなる。しかし青臭さがすべての味覚を持っていくので、むしろ相性の悪い組みあわせと言えそうだ。

「麦さん平気？　カイロ代わりに缶コーヒーでも買ってこようか？」

顔色があまりよくない。冷たいジュースをこう立て続けに飲めば、いつまでたっても体はあたたまらないだろう。

「だ、大丈夫です。シナモンには体をあたためる効果がありますから」

「それを言うなら果物は体を冷やすよ」

「もう時間がないんです。さあ、第二陣を買いにいきましょう」

いままで麦さんのご両親は、娘が店を継ぐことに消極的だった。それがようやく認めてもらえたのだから、気合いが入るのは理解できる。

地元の店とコラボできるマリアージュというテーマもいい。個人経営の店が大資本のチェーンと戦うには、ローカルな魅力が必要だ。麦さんは自分が店を継いだあとのことも見据えているのだとわかる。

でもなんというか、麦さんは理想を求めすぎている。「これこそが正解です」と断言されたら、押しつけがましく感じる人もいるだろう。

昼間のニガリもそうだ。完璧な理論で武装すればするほど、相手はうさんくさいと違和感を持ち始める。

ふたりにはたぶん、余裕が足りないのだ。

「あのさ、麦さん。シナモンロールのパートナーは、やっぱりカフェオレだよ」

ジューススタンドの列に並びつつも、僕はきっぱり言い切った。

「いまさらなにを……お互いが味を引き立てあうからこそそのマリアージュです。カフエオレではお客さんがベストと言ってくれません」

「でもさ、望口マルシェは屋外でやるんでしょ？　いくら最高の組みあわせだからといって、冷たい飲み物を勧めるのはお客さんの気持ちを無視してない？」

「そんなことは……」

麦さんが唇を嚙んでうつむいた。

「世の中には運命みたいに最高の組みあわせもあるけど、それだけがすべてじゃないよね？　コーヒーやホットミルクみたいに、シナモンロールと相性がいい飲み物はいくつもある。あとは人それぞれで好みだと思うよ。だからベストカップルじゃなくても、お似合いを探すくらいでいいんじゃないかな」

「お似合い……」

「うちの両親なんかも、若い頃は『美女と野獣』って言われるくらい不釣りあいだったらしいけど、いまは『猛犬と気弱な熊』って感じで仲よくやってるよ。息子から見ても似合いのふたりだと思うし」

ちなみに『美女』は母の自己申告だ。もう面影はないと息子は思う。

「それは……お似合いですね」

二匹の動物を想像したのか、麦さんがくすっと笑った。つかの間だったけど、『よく寝て起きた女神』の表情をしていたと思う。

「すみません蜜柑崎さん。わたしはちょっと無理をしていたかもしれません」

「僕が同じ立場だったら、もっと空回りしたと思うよ」

「同じ立場ですよ」

「ん？　どういう意味？」

麦さんは答えず、すーはーと大きく深呼吸をした。

「でも少し残念です。バナナはかなり相性がよかったので、フルーツジュースの中にベストカップルがいそうな気もしました」

「ホットの果物ジュースでもあればいいんだけどね」

「あるんだな、これが」

気づけば僕たちはジューススタンドの先頭にいた。カウンターにひじをついた女性店員が、にやりと笑ってこちらを見ている。

「あんたたちの話、途中から聞こえちゃったよ。試しにこれ飲んでみて」

女性が渡してくれた飲み物を口にして、僕と麦さんは同時に叫んだ。

「これ！」

シナモンロールと最高のマリアージュになるホットなジュース。

そのあたたかい飲み物は、冷え切った麦さんを再び笑顔にしてくれた。

4

今日は日曜日。僕はブーランジェリーMUGIのイートイン席に座り、あたたかいシナモンロールにナイフを入れている。

結果から言うと、昨日の望口マルシェは大成功だった。

僕も呼びこみ要員として参加したけれど、午前中は予想以上にあたたかく、『ドイツビールと相性抜群！』と手書きポップをつけたプレッツェルがよく売れた。

午後になって少し冷えこむと、僕たちの屋台の前を通ったお客さんが、商品のポップを見て、いったん背後を振り返り、また向き直って「シナモンロール、ひとつください」と買っていく。

「『スウェーデン生まれアメリカ育ちのお菓子パン。二十秒ほどあたためて食べると思わず目を見開くおいしさです。この場で食べるなら向かいのジョナサンズ・ジュースさんで売っている、ホットアップルサイダーとの組みあわせがおすすめ』……麦さんが書いたこの宣伝文句、すごく効果あったね」

テーブルの上でフォカッチャが匂いをかいでいるポップには、シナモンロールとリンゴのイラストも描かれている。

「別に文章がよかったわけじゃないですよ。みんな耳慣れない『ホットアップルサイダー』が気になったんだと思います」

正面に座った麦さんが、機嫌よさそうにホットアップルサイダーを飲んだ。

サイダーと名がついてはいるけれど、日本のそれと違って炭酸は入っていない。ここで言うサイダーはシードル。無濾過《むろか》で無加糖なリンゴジュースのことだ。

ジューススタンドの雇われ店長、三元《さんげん》さんが教えてくれたこの飲み物は、恐ろしいほどシナモンロールとよくあう。

「あったかいリンゴジュースなんて初めて飲んだけど、この甘酸っぱさと香りはくせになるよね。それでいて飲み口はすっきりしてるから、甘いシナモンロールがすぐにほしくなる」

「ええ。本場アメリカではドーナツのお供としておなじみだそうですよ。アップルサイダー自体にシナモンを溶かすこともあるとか」

シナモンを使った料理と言えばなにを思いだすだろう？

僕は特にないけれど、麦さんはアップルパイだと言う。

もともとシナモンとリンゴは相性がいいのだ。それをジュースにしてあたためたのだから、ホットアップルサイダーがシナモンロールとあわないわけがない。

「三元さんも、サイダーがたくさん売れたって喜んでたね」

あの不敵な笑みが印象的な女性は、失恋して海外を放浪しているときに、アップルサイダーをはじめとしたジュースのおいしさに開眼したらしい。

「ええ。野菜を販売していた農家さんにも、ドイツビールのカピバラシュタイガーさんにもお礼を言われました。今後もよいコラボレーションができそうです」

「よかったね。マルシェの成功おめでとう」

拍手をすると、テーブルに寝そべったフォカッチャの耳がひくひくと動いた。

今日は元気に見えるけれど、あれから悩み事は解決したのだろうか？　まあ僕が勝手にそう思いこんでいるだけだけれど。

でも「しゃもじの謎」の件でたくさんヒントをもらったし、できるなら助けになってあげたい。今後も注意深く様子を見守ろう。

「本当にありがとうございました。蜜柑崎さんのおかげです」

「僕はなにもしてないよ。がんばったのは麦さんだって」

「いいえ、すべて蜜柑崎さんのおかげです。マルシェのことだけでなく、わたしは少し変わりました」

それについては僕もちょっと思っていた。いままでの麦さんなら他人のプライベートには関わらないようにしていたのに、長々と語られる三元さんの失恋話にも真剣に耳を傾けていたから。

「これまでたくさん謎を解いたから、自信がついたんだね」

麦さんが謎を解く理由は、両親の本心を知りたいからだ。

娘が養子であることに気づいていると、高津夫妻はまだ知らない。傍目《はため》から見て親子の愛情は本物だと思うけれど、麦さんは自身の出生を両親に聞けないでいる。聞いてしまうとなにかが変わると恐れているのだ。

でも麦さんは、日常の謎を解くことで少しずつ人との距離を縮めている。かつてはハリネズミみたいに自分を鎧《よろ》っていたけれど、いまでは真相を知るためにおっかなびっくりで他人の心に近づいている。

僕はそんな麦さんを応援したい。だからずっとそばにいたい。

まあ後者の気持ちがたかぶりすぎて好意を伝えてしまったけれど、応援したい気持ちは純粋だ。春に盛大にフラれようとも、僕は麦さんを支え続ける。

「謎といえば、『しゃもじの謎』は解決しましたか？」

「あ、そっか。話してなかったっけ」

実は金曜日に事態が変化したと、ニガリの自供を説明する。

「ということは、わたしの推理が間違っていたんですね……」

麦さんがわなわなと震えだした。まるでそうしないと窒息するかのように、フォカッチャのおなかに顔をうずめて深呼吸している。

「蜜柑崎さんは、こんなにわたしを引き立ててくれたのに、わたしはなんの役にも立っていないなんて……すーはー」

「落ちついて麦さん。フォカッチャが見たことない顔になってる」

僕はじたばたもがくハリネズミを救出し、ひとまず自分の膝に置いた。

「それにね、麦さんの推理は間違ってないかもしれないんだ」

「でもニガリさんの理論は完璧です。壊れたしゃもじという証拠もあります」

フォカッチャに相談するまでは僕もそう思っていた。

「順を追って考えてみようか。まず木曜日。丼谷がしゃもじがないと気づいた日のニガリは、おそらく本当にその行方を知らなかったと思うんだ。知っていたら素直に謝るはずだしね」

「でもニガリさんは、謝罪をしなかった理由を説明しています。その日の健康状態が悪かったために怒られたくなかったと」

「それだと意識が低すぎてニガリらしくないんだ。あいつはちょっとでも体調が悪かったら、全力で回復に努めるはずだよ。つまり体調不良は、金曜日になってから考えた嘘だと思う」

麦さんがあごに指を当て視線を落とす。

「こういうことでしょうか？　木曜日のニガリさんは事件に対して無関係だった。でも金曜日には突然犯行を自供する必要に迫られたと」

「うん。だから金曜日に『前日は体調不良だった』と嘘をつき、木曜日から犯人だと思わせるように僕らをミスリードしたんだ。そんなことをする理由は、たぶんひとつしかないよ」

麦さんが指をパチンと鳴らそうとして、ぽすっと情けない音を立てた。

「……誰かをかばっている、ですね」

「イエモンに確認したら、金曜日にまず部室にきたのはニガリだった」

「そこでニガリさんは、真犯人によって持ちこまれたしゃもじを発見した。そしてなんらかの理由で、真犯人をかばうことにしたわけですね」

おそらくそれが真相だと思う。僕らの中に絆を裏切る人間はいなかった。これでひとまず険悪な空気も解消できるだろう。

「あとはニガリさんを取り調べすれば一件落着ですね」

麦さんがハイタッチをするように手のひらを向けてきた。以前に一度空振りしているからか、アイコンタクトに余念がない。

「ごめん麦さん。まだ終わりじゃないんだ」

掲げたままの手が不憫《ふびん》だったので、フォカッチャの腹をもふっと押しつける。

「……なにか気がかりがおありですか?」

「うん。たぶんニガリがしゃもじを『壊した』ことだけは嘘じゃない。なんとなくそう感じるんだ。そしてその理由を知るためには、やっぱり真犯人を見つけなきゃいけないと思う。だから明日は、ひとりで捜査してみるよ」

きっと時間がかかるだろう。「め組」の空気はしばらくお預けになるけれど、僕は卒業後にも後腐れなくみんなと会いたいのだ。

「蜜柑崎さん! 後生ですから、その捜査を手伝わせてください!」

いきなり麦さんがフォカッチャを掲げ、前のめりに顔を突きだしてくる。

「そ、それはありがたいけど、学校も違うし、あくまで僕の個人的な問題だから。ひとまず気持ちだけ受け取っておきます」

「それじゃマリアージュになりません！　ベストカップルになれなくても、せめて役に立たないと『お似合い』にも……」

この言葉を聞いたとき、僕の頭の中には満開の桜が咲いていた。


が、月曜日がくると冷静になった。

麦さんが口にした「マリアージュ」や「ベストカップル」という言葉には、おそらく結婚や恋愛という本来の意味はない。

麦さんは僕がマルシェを手伝ったことで、言葉は悪いけど負い目のようなものを感じているのだと思う。僕と対等でいたいから、今度は「しゃもじの謎」の解決に協力しようとしてくれているのだ。

それが「お似合い」という意味だろう。麦さんはそれなりに互いを引き立てあうシナモンロールとカフェオレのような、「友人」の関係を望んでいるのだ。

でも僕は春まで諦めないし、いまだってチャンスはあると思っている。

だって麦さんは、ものすごく熱心に「しゃもじの謎」を捜査してくれたから。

具体的には聞きこみ、ではなく、張りこみや尾行という得意スキルをフルに駆使して、麦さんはあっさり犯人の目星をつけてしまった。

危険を考えて僕がひとりで会いにいくと、犯人は反省しているようで、こちらの疑問にすべて答えてくれた。

しかしてその内容だけれど、非公認サークル棟には、「ひとり野球部」やら、「見晴用水でウナギを養殖する会」やら、日頃どんな活動をしているのか不可解な集団が多い。「めし食いたい組合」の僕が言うのもなんだけれど、青春はもっと有意義にすごすべきだ。特に「ひとり野球部」。野球部に入れ。

そんな魑魅魍魎《ちみもうりよう》の中でも格段にうさんくさいのが、「好きなことでＬＧＯ」というサークルだ。有名動画投稿者になって、学生起業するのが目的らしい。ＬＧＯはライフゴーズオン、「人生は続く」の意味だという。

ある意味で実に学生的な団体であるＬＧＯは、「いろいろなものを羽子板にして羽根つきをする」という動画を撮影しようとしたそうだ。ちなみに動画サイトで検索したら七番煎じのネタだった。

彼らはひとまず羽子板に近いものとして、教科書やらスマホを自分たちの部室から探し当てた。しかしそれだけでは動画の尺が足りない。かといって新しいアイテムを買う予算もない。

そこで部員のひとりが、廊下で米を洗っていたサークルを思いだした。僕たち「め組」のことだ。やつらのしゃもじを拝借しよう。投稿者名「すっとぼけ音頭」を名乗る代表がそう提案し、かわいそうな一年生男女が使いに出された。

いろいろとダメ感あふれるすっとぼけ氏と違い、まだ純粋だった一年生男女はご丁寧に「め組」の部室をノックした。しかし返事がない。留守かと思ったところで内側から電子音が聞こえる。

ドアを開けてみると誰もいなかった。辺りを見回すと炊飯器がある。さっきの電子音は米が炊けた音らしく、保温時間が「０ｈ」と表示されていた。

手ぶらで戻ってはすっとぼけ先輩になにを言われるかわからない。というより先輩は、「拝借」という言葉を使った。「借りる」とはニュアンスが異なる。

やるしかないと男子が誘い、女子は「せめてこれだけは」と丼にめしをよそう。そうしてふたりは、しゃもじを携え逃げるようにＬＧＯの部室へ戻った。

その後に「め組」内で一悶着《ひともんちゃく》があったなどつゆ知らず、一年生男女は無事に動画を撮り終えてほっとしたという。僕が確認したところ、当該動画の再生数は「２」だった。部員ですら見てない。

翌金曜日。しゃもじを返すため、一年生男女は「め組」の部室をノックした。すると「インサイダー」と、意味不明な返事がある。

できればこっそり戻したかった。しかしすっとぼけ氏と違って心根のゆがみきっていない一年男女は、きちんと謝ることにした。

そうして中にいたニガリに、しゃもじを返して事情を話したのだった。

「以上が今回の事件の顚末《てんまつ》だ。ニガリ、なにか言うことはないか？」

午前中に捜査を終えた僕は部室にいる。

こたつを囲んでいるのはもちろん「め組」の面々だ。探偵仕事を終えた麦さんは部室で軽く挨拶すると、満足そうに自分の大学へ登校していった。

「別にないな。俺がしゃもじを壊したという事実はフィックスだ」

ニガリがふっと鼻で笑う。まだ意地を張っているようだけれど、その表情に暗いところはない。どころかちょっとうれしそうだ。

「そうだ。LGOの一年生が返したしゃもじは壊れていなかった。だからニガリはしれっと戻しておけばいいのに、わざわざ壊して自分が犯人だと供述した」

「かっこつけるなら、最後までやらないと意味がないしねー」

イエモンがにししと笑う。

「丼谷は米を愛している。その愛は炊飯器やしゃもじにも及ぶ。だからニガリは壊したんだ。羽子板代わりにされたしゃもじを、丼谷に使わせないために」

真実を知れば丼谷は怒り狂う。だからニガリは一年男女をかばうことにした。しかしそのまましゃもじを戻せば、僕らはためらいなく使うだろう。

ニガリは「め組」の仲間を愛している。そんな汚れたしゃもじをみんな、とりわけ丼谷には使わせたくない。けれど紛失したままではギスギスが続く。だから壊して自分が犯人を名乗ることにした。みんなのために。

「俺の完璧なロジックを、まさか蜜柑崎にブレイクスルーされるとはな」

「ニガリは就活しすぎで自己分析が完璧なんだ。誰よりも自分の長所と短所を理解している。あの日イエモンがののしった言葉は、よく考えればニガリの長所だ」

理論ずくだとか感情的にならないとか。最後の「かっこつけ野郎」は特に。イエモンは形式的に声を荒らげただけで、ニガリを傷つけようとしていない。

「当然ニガリは、嘘をつくのが下手だということも自覚している。『おまえは嘘をつくときにへそを見る』なんて言ったけれど、あれ自分のことだろう？」

犯行を自供しているときのニガリは、ずっと下を向いていた。まるで自身の表情の変化を隠すように。僕の目を見てしゃべったのは、「俺だよ」としゃもじを壊した真実を告白したときだけだ。

「ご名答だ。俺は嘘をつくと鼻が伸びる。だから下を向いて隠すんだ」

「なにそれ超見たい！」

僕とイエモンが同時に言うと、ニガリがくつくつと笑った。

「おまえらは、本当にオーガニックだな」

「天然って言われてる？　蜜柑崎、言い返せ！」

「くっ……おまえのじーちゃんゼーペット！」

「悪口下手！」

「しょうがないだろ。悔しいけど今回のニガリはかっこよかったし」

一年生をかばうばかりか、肩くいっくいの恐怖に立ち向かいつつ、当の丼谷を守ろうとしたのだ。意識が高く勇敢《バカ》でなければできる芸当じゃない。

「俺はリスペクトしたままでさ。最初に犯人を騙《かた》ったのは蜜柑崎だろ？」

「あ、そうだった」

「じゃあみんなよくやったってことで。乾杯しようそうしよう！」

イエモンがおどけて部室の中に平時の空気が戻る。本当によかった。これで卒業後も僕らは「め組」でいられる——。

「献杯の前にみなに問う」

丼谷の低い声で、僕らの浮かれた気分は雲散した。

「吾輩は、怒るとそんなに怖いか？」

「怖いよ！」

「こえーから！」

「ミームレベルで怖い」

丼谷以外、全員が腹をかかえて笑った。

Hedgehogs' bench time -一月-
おにあいフォカッチャ

あるところにハリネズミの夫婦がいた。

寒い冬に体をあたためあおうと、二匹は互いの体を近づける。

けれど近づきすぎるとハリが体にささってしまう。

離れてしまうとやっぱり寒い。

そうしているうちに、二匹はお互いにとってちょうどよい距離を見つけた。

これは人間の結婚式でよく言われるたとえ話。

つがいになったら一生添い遂げるハリネズミは、夫婦円満のお手本としてぴったりだと思われているって。

店の庭先にきたハトが言ってた。

ハトは渡りの小説家。

いつも人間のことを観察してる。

最近あったかい日は、ムギがぼくを庭に出してくれる。

だからハトとはまた話すようになった。

ハリネズミの距離感の話は、夫婦関係だけたとえてるわけじゃない。

親と子ども。

友だちとか兄弟。

それから飼い主とペット。
ハトはそんなことも言ってた。
ムギもそうだと思う。
ムギはパパママに秘密を聞きたい。
でもそれを聞かないほうがいい距離感だと思ってる。
ちょうどいい距離感ってなんだろう？
ぼくは最近かしこくなった。
むずかしい言葉もわかるようになった。
だからベッドと壁の間の五センチで、いろいろ考える。
ぼくはパンの匂いがするムギの指が好き。
ムギもぼくのおなかをかぐのが好き。
ぼくたちの距離はとても近い。
だから、それがちょうどいい距離感。
そう思っていたけれど、ある日にムギが言った。
『フォカッチャ、お見合いしてみない？』
って。

ぼくは幸せ。

ムギと一緒にいて。

毎日パンに囲まれて眠って。

でもたぶん、ちょうどいい距離感は変わるんだと思う。

昼間、ミカンザキがお店にきた。

ぼくはミカンザキが嫌いだから、ハリを立てようと思った。

でもミカンザキの指をかいだら、パンの匂いがした。

前までしなかったのに。

「フォカッチャ？　フォカッチャどこ？」

ムギがお風呂から戻ってきた。

なんだか慌ただしい。

ムギはぼくをベッドへ運ぶと、おなかに顔を押しつけてきた。

「から回った！　盛大に空転した！」

ムギが悶絶《もんぜつ》しながら今日あったことを話してくれる。

昨日ヨーコの店で髪を切って、ミカンザキは「イケメン」になったらしい。

「ちょっとハリネズミっぽい髪型で、すごくかっこよくなったんだよ。ただでさえ優しくて、頭がよくて、女の子にすごくモテそうなのに……」

そう見えているのはムギだけだと思う。

でも本人には深刻な問題みたい。

ムギはミカンザキが遠くに行ったような気になったって。

「だからそれを埋めあわせようと思って……」

精一杯のおしゃれをしたとのこと。

ムギはぼくと同じで寒がりなのに。

「『無茶しやがって……』って顔してるけどね。お互いを引き立てあうからこそのマリアージュなんだよ」

ムギはお正月に賭けをした。

ミカンザキが自分を友だちだと思ってくれていると信じてみた。

だからわがままを言ってみた。

これからも自分と謎解きをしてくれって。

いままで人を避けてきたムギには、ものすごく勇気のいること。

でもミカンザキはムギに恋してたからややこしい。

ミカンザキに好きだと言われて、ムギは混乱してる。

たぶん恋人をやったことがないから。
自分に自信がないから。
だからムギは、ミカンザキと恋人になりたくない。
いまの距離感でいれば、ハリネズミみたいにずっと一緒にいられる。
そう思ってるっぽい。
「でも、ベストカップルじゃなくてお似合いでいいって言ってたし……あーもー！」
枕がばすばすされて、ぼくがぽふぽふ浮いた。
ムギはいま、ミカンザキとちょうどいい距離を探してるんだと思う。
その分、ぼくとのちょうどいい距離も変わるんだと思う。
だから、気乗りしなかったけどお見合いをしてもいい。
ぼくも、誰かとお似合いになりたいから。

第二話　ときにはときめくイングリッシュマフィン

~English muffin（イングリッシュマフィン）~

イギリス生まれアメリカ育ちのパン。中央で半分に割り、表面をトーストすることを前提に作られている。外側にまぶしてある白い粉はコーンミール。バターやジャム、ベーコンなどとあわせて食べるのが定番。

アメリカの焼き菓子であるマフィンとは別物。

1

太古の昔、この国には「義理チョコ」という文化があったという。

それは聖バイレンタインデーにおいて、僕たちのようなモテざる者にもチョコを分け与えんとする女性たちの慈善活動だ。かつてはそんな聖母のごとき女性が大勢いたらしい。なんと素晴らしき時代だろうか。

とはいえ、そんな慈悲の恩恵にあずかれない者もいたようである。

義理チョコすらもらえない彼らに忖度《そんたく》が行われた結果、「義務チョコ」という新しい概念が誕生した。

それは主として会社などで行われる。女性社員が課やグループの男性全員にチョコを配布し、男性は翌月のお返し代として思わぬ額を徴収される。そんな風習だ。

もはや聖母というより歳暮に近い。定型句だが、バレンタインデーは完全に製菓会社だけが得をするイベントになったと言えよう。

しかして昨今では、義理チョコどころか義務チョコすらも風化した。

現代のバレンタインデーにおいてモテざる者がもらえるチョコレートは、ホワイトデーの返礼品を期待されての「撒《ま》き餌《え》」しかない。

かくして僕たちモテざる者は、バレンタインデーを忘れた。

そりゃあ思春期の頃は、「バレンタインに名も知らぬ女の子からいきなりチョコを渡され告白されるかも」などと、淡いというより、浅い期待をしたこともある。不必要に放課後の教室に留まったりもした。

けれど現実はチョコレートのように甘くなく、ほのかに恋心を寄せるクラスメートが、文化祭のライブで目立っていたバンドマンにチョコを渡す様子をまざまざと見せつけられるだけだった。

以降、バレンタインデーという単語自体が僕の辞書には存在しなくなった。暦《こよみ》を見ても二月十四日は二月十四日でしかない。バンドマンは敵でしかない。

しかしである。

今年の僕には女神がいるのだ。

それもただの女神じゃあない。写真を撮ったら『よく寝て起きた女神』とタイトルをつけたくなるような、実にのびやかに笑う素敵な女性だ。

彼女——高津《たかつ》麦《むぎ》さんと、僕——蜜《み》柑崎《かんざき》捨吉《すてきち》は、目下のところは友人という間柄でしかない。けれど実は先月の半ばに、ある約束をかわしている。

その日、僕は麦さんに思いの丈を伝えた。あなたに恋をしていますと。返事は桜の季節にくださいとお願いすると、麦さんは「わかりました」と了承してくれた。

それからも僕たちは会っている。短くない時間を一緒にすごしている。けれど麦さんは僕に対し、あくまで「友人」というスタンスを貫いていた。僕が告白したことに対する反応など、おくびにも出さない。

それを友人たちは「脈がない」などと揶揄《やゆ》してくる。しかし別に遠ざけられているわけではないし、どちらかと言えば頼られている節もある。

となれば男子たるもの、「今年のバレンタインは期待できるのでは？」と感じてしまうのも無理からぬことだろう。

さてここで話は変わる。こんな説を聞いたことがないだろうか。

『彼女ができると急にモテだす』

識者の分析によると、交際相手がいる男性は自分に自信を持つため、その姿が別の女性からも魅力的に見えるらしい。

ひるがえって現在の僕だけれど、交際している女性はいない。しかし春には麦さんから色よい返事を受け取れる……と思っている。バレンタインにはチョコをあしらった手作りのパンなんかもらえちゃう……と確信している。

もちろんそんな保証はどこにもない。でもいままで縁がなかったのだから、ちょっとくらいは調子に乗ってもいいじゃないですか。

といったところで閑話を休題しよう。

ここから「透明少女の謎」が始まる。

それは僕が根拠のない自信をみなぎらせ、キャンパスの中庭を横切っているときだった。折しも二月の十三日。バレンタイン前日のことである。


「あの」

ふいに呼び止められて振り返ると、目の前に赤い髪の少女がいた。

髪の色は派手だけれど、顔立ちに大きな特徴はない。どことなく幼さが感じられるので一年生だろうか。教室の場所がわからなくて尋ねてきたのかもしれない。

「これ、よかったら」

赤い髪の少女がうつむいてなにか差しだしてきた。毛色と同じ赤い包装紙で覆われた長方形の箱。それを持つ手は震えていて、うっすら赤みが差している。

「僕に？　くれるの？」

もしかして知りあいだろうか。とっさに思い返してみたものの、こんなに目立つ赤い髪は記憶に存在しない。

可能性としてあり得るのは、ゼミの後輩が旅行のお土産を配っているというシチュエーションくらいだ。

うちの学校は一年生からゼミの授業がある。サークルと違ってちょっとドライな雰囲気なので、学年が違うと交流はほぼない。

ただ授業が始まる前に、「先輩もどうぞ」と顔も知らない一年生からお菓子をもらうことがあった。要は土産のお裾分けだ。この子もその類かもしれない。異性の上級生が相手なので、きっと緊張しているのだろう。

「念のため、義理チョコじゃないですから。すみませんでしたっ」

赤髪少女は僕に包みを押しつけると、逃げるように走り去っていった。

「『義理チョコじゃない』……？」

なんのこっちゃと長方形の箱を見つめていると、ぽんと肩をたたかれた。

振り返ると、ほっぺに人差し指が食いこむ。

「……小学生かイエモン」

「見ちゃったぜぇ蜜柑崎。いまの赤い髪の子、誰？」

緑の前髪の隙間で、僕を見上げる目が意地悪くゆがんでいる。その首にかけたヘッドホンから音が漏れていた。右手にはCDを持っている。

「イエモンそれなんだ？　……『ザ・ビートルズ　イエロー・サブマリン』？」

やたらとサイケデリックな色使いのジャケットには、聞いたことのあるバンド名が書かれていた。

「イエモンもそういう、『自分、昔のバンドのほうが好きなんで』みたいな、『マニアックな自分アピール』をするのか？」

「ビートルズがマニアックって……蜜柑崎は普段なに聞いてんの」

「プロレスラーの入場テーマ集」

「そんでレスラーのフィギュアで遊ぶと……ものっそ蜜柑崎らしいわ」

僕の就職先はおもちゃ会社だ。自宅も玩具であふれている。

「つか話ずれてる。さっきの赤髪ちゃんは誰なんだってば」

「顔も名前も知らないけど、たぶんゼミの子じゃないかな。お土産全員配布主義者だと思う」

「お土産？　これどう見てもバレンタインのチョコでしょ」

あらためて見ると、赤い包み紙には金色のハートがたくさん並んでいた。ハートそれぞれの内側には、『St. Valentine's Day』と英文がプリントされている。

「これ……チョコなのか？　義理チョコ文化が絶えて久しいこの時代に……？」

「別におかしくはないっしょ。本命チョコなら」

そういえば赤髪少女は言っていた。『義理チョコじゃない』と——。

「い、いや、『バレンタインに名も知らない女の子からいきなりチョコを渡されて告白される』なんて、そんな中学生の妄想みたいに都合のいいことが現実に起こるわけないだろ！」

「起こる起こる。だって蜜柑崎、髪切っていい感じになったし」

「髪型だけでそこまで？」

「うん。それになんつーか、自信がみなぎってんだよね。モテオーラが出てる。もうこれきちゃったんじゃないの？　きちゃったんじゃないこれ？」

「きたってなにが？」

「モ・テ・期っ」

イエモンに三連肩パンされたけれど、なぜだか全然痛くなかった。

「カモフラージュだな」

こたつの左でニガリが言った。

「彼女はイリーガルな恋に身を委ねてしまい、それを界隈《かいわい》に悟られぬよう、その辺にいた髪型がかっこいいだけのメンズに偽装チョコを渡したんだ」

「『髪型がかっこいいだけのメンズ』って！　パワーワード感ありすぎ」

右側でイエモンがけたけた笑う。

いつもの面々が囲うこたつの上には、赤い包みの箱が鎮座していた。僕が赤髪少女からもらったバレンタインチョコだ。

「あるいはボランティアだ。普段の彼女は街頭でボードを持ち、フリーハグをしているのかもしれない。いや待て。この部室棟にはＬＧＯみたいな動画投稿集団もいるから、サプライズムービーの線もあるぞ」

先ほどからニガリは、僕が本命チョコをもらった事実を必死に否定している。

なぜならニガリはノー・チョコレートが確定しているからだ。

ご存じ「め組」の代表である丼谷《どんぶりだに》は、故郷に許嫁がいる。イエモンはバンドマンだから彼女こそできないものの、顔はいいからファンの女の子は多い。ふたりともバレンタインにはイエス・チョコレート組だ。

去年までは僕もノー・チョコレートだったけれど、今年は違う。

麦さんという大本命を前にして、早くもひとつもらってしまったのだ。

「ニガリ。気持ちはわかるけど認めたほうがいい。僕にはモテ期がきたんだ」

彼女ができるとモテ始める理論の応用だ。ほぼ彼女がいるに等しい僕は、女性からほぼ魅力的に見えているに違いない。ここは脱ノー・チョコした先輩として、かつての同志にアドバイスをしてやるべきだろう。

「よく聞けニガリ。今日は二月十三日だ。まだ可能性は残されている。僕がいい美容院を紹介してやろう。『かっこいい』も作れるぞ」

僕は優しい目つきでニガリの肩に手を置いた。

「屈辱だ……自分より下に見ていた蜜柑崎にコンサルされるなんて……」

「さらっと聞き捨てならないこと言ったな！」

「うるさい。ハゲろ」

「普段の高い意識はどこへ⁉」

低レベルなケンカが始まりそうになると、イエモンが仲裁に入った。

「それよりさ、さっきの赤髪ちゃんは本当に誰なわけ？」

「それが……まだわからないんだ。イエモンに心当たりはないか？」

「やー、こっちからは顔見えなかったし。後輩にアザミって赤髪がいるけど、そいつは男なんだよね」

　やはりゼミの後輩説が有力なようだ。僕が覚えていないだけで、彼女のほうはずっと熱い視線を送っていた可能性がなくもない。

「蜜柑崎、この案件は疑わしいぞ。おまえとのパートナーシップがその程度であるなら、彼女は自己PRをしたはずだ。それが名前も出身校も学生時代に力を入れたことも言わずに立ち去るなんて、どうにもうさんくさい」

　そんな自己紹介をするほうがニガリみたいでうさんくさい。

「つーか、開けてみればいいんじゃないの？　手紙でも入ってればどこの誰かもわかるし。実物を見ればニガリも納得するでしょ」

　イエモンの提案に、丼谷までうむとうなずいた。

「いいや。今日は開けない」

　僕は箱の上に覆いかぶさる。

「なぜならまだ十三日だからだ。バレンタインデーのチョコレートは、神への供物が発祥と言われている。二月に捧げたチョコレートは、十四日になってからローマの方角を向いて開封するのが正しい儀式だ」

「蜜柑崎。鏡開きと恵方巻きパクったっしょ」

イエモンが半目で僕を冷笑した。

「まったくだ。バレンタインにそんな和テイストのプロトコルがあるわけない。要は怖いんだろう？　開けたらコンテンツ違いというオチが」

ニガリはしつこく食い下がる。

「そんなわけないだろ。これはどう見たってチョコレートだ」

「だったらいますぐ開けよう。ほら貸して」

「やめろイエモン！　おチョコさまに触るな！」

僕たちが卓上のチョコレートを奪いあっていると、丼谷が呆れたように言った。

「卑しいぞ、捨吉」

「『卑しい』……なるほど。丼谷はこう言いたいわけか」

ニガリがにやりと笑った。

「バレンタインデーは明日の十四日が本番。そしてアポもないのに蜜柑崎は麦さんからチョコをもらえるとターゲッティングしている。それでいてもらえなかった場合にも備えて、こっちのチョコレートを保険にしようとしているんだ！」

「うわ……マジで？　それはゲスすぎっしょ。ひくわー。蜜柑崎マジひくわー」

「ち、違う。僕はそんなこと思ってない」

「最低だな。蜜柑崎のような卑怯者《ひきょうもの》と同一視されるくらいなら、俺はTOEIC900点のノー・チョコレートで構わない」

丼谷とイエモンがニガリを拍手でたたえた。さらりと自慢を差しこんだのに。

「……わかった。正直に言うよ」

僕はやむなく胸の内を吐露した。

「ニガリが言ったみたいに、中身がチョコレートじゃないのが怖いんだ。麦さんからもらえなかったときの保険じゃなくて、チョコじゃない気がするから明日まで開けたくないんだよ」

「わっかんないなーその感覚」

「解《げ》せぬ」

イエモンと丼谷は納得できないようだったけれど、ニガリがよくやったとばかりに僕の背中を軽くたたいた。

「わかるぞ蜜柑崎。俺はおまえのチョコは否定するが、夢を見たい、ぬかよろこびで傷つきたくないという非モテ思考は、この場の誰よりシェアできる」

モテざる者同士、僕たちはぐっと握手をかわした。

「ありがとうニガリ。まあチョコレートの可能性はゼロじゃないけどね」

「ゼロだ。ハゲ散れ」

互いの右手がボキボキいうまで、僕たちは握手をやめなかった。

大学最寄り駅のホームで、電車を待ちながら考える。

本当に、彼女はいったいどこの誰なんだろう？

学内の数少ない知人や教授にまで尋ねてみたけれど、あんなに目立つ髪色の少女のことを誰も知らない。イエモンのバンド仲間やニガリの勉強会ネットワークにも聞いてもらったけれど、風の噂すら拾えなかった。

彼女はまるで透明人間、というとちょっぴりホラーなので、「透明少女」とでも呼ぶことにしよう。

いま僕が背負ったワンショルダーのリュックの中には、透明少女からもらった長方形の箱が入っている。

これがバレンタインのチョコレートである可能性は百パーセントに近い。包み紙には『St. Valentine's Day』の文字があるし、透明少女は「義理チョコじゃない」と念まで押した。

女の子からチョコレートをもらったこと自体は喜ばしい。人から贈り物をもらうのは、中身がなんであれうれしいものだ。

ただ、バレンタインのチョコレートは単なるプレゼントじゃない。金のない大学生に「撒き餌」もしないだろうし、義理チョコ文化が過去のものとなったいま、そこには少なからず「好意」がこめられているはずだ。

話を戻す。その好意が「恋」のレベルほどに大きいものであるならば、僕は誠意を持って透明少女に対応する必要がある。僕の想い人は麦さんひとりだ。

だから本当は、チョコレートが入っていたときのほうが怖い。

思い上がるなと笑われそうだけど、僕が第三者から恋愛感情を向けられている状態は、麦さんによくない影響を与える。そう思ったからこそ、僕は「め組」でチョコを開封したくなかったのだ。

ホームに電車が滑りこんできた。この時間は空いている。

座席に腰かけ正面を向くと、若い女性が文庫本を読んでいた。

そういえば、僕と麦さんの最初の出会いは電車だったとなつかしくなる。

電車の中で偶然見かけた麦さんは、学習塾の広告クイズを真剣に解いていた。クイズに正解した麦さんの幸せそうな笑顔が忘れられず、僕はブーランジェリーＭＵＧＩに通い詰めるようになったのだ。思い出は美化すべきなので、途中のストーカーっぽい心理状態は封印してある。

さておき、そんな偶然に等しい夏の出会いから、想いを打ち明けた正月まで。僕たちは一緒に謎解きをすることで、多くの時間をすごしている。始まりを考えれば、この幸せは奇跡に近いだろう。

でも最近の僕は、人との出会いなんてすべて奇跡だと思っている。

麦さんだけじゃない。「め組」のみんなとの邂逅《かいこう》だって、大学が同じと言うだけで必然ではなかったのだ。

だから僕は、透明少女のことをきちんと知らなければと思う。彼女との出会いもまた、僕の人生に起こった奇跡のひとつだ。感謝の心を忘れてはならない。

よし。明日は早めに大学へ行って透明少女を探してみよう。麦さんと行動をともにしたことで、僕の張りこみスキルも上がっているはずだ。

車内にアナウンスが聞こえた。次は望口《のぞみくち》駅に止まる。

正面の女性が文庫本をバッグにしまい、隣で寝ていた男性を揺り起こした。彼氏だろうか。いままでなら目をそらしていた光景だけれど、なんとなく優しい気持ちで見守ってしまう。すると女性と目があった。

「おやまあ」

　女性が僕を見たまま言う。

「奇遇ですね蜜柑崎さん。これから麦ちゃんのところですか？」

　知人のように話しかけられて僕は面食らった。誰だこの人。

「なぜ『誰だこの人』みたいな顔を？」

「あ、いや、ええと……ごぶさたしています」

　ごまかすようにホームへ出る。だがそこでさよならとなるはずもなく、女性は僕に詰め寄ってきた。

「先々週に会いましたよ。なんでそんなによそよそしいんですか？」

　じっとりした懐疑の視線から目をそらす。

　すると、女性と一緒に降りた男性が助け船を出してくれた。

「宇佐《うさ》ちゃんが、髪を縛ってるからじゃないの？」

　ああ、と合点《がてん》がいく。

　筑紫野《つくしの》宇佐さんは麦さんの友人だ。ときどき会って話もしているし、僕の恋心まで
も知られている仲である。

　ではなぜ気づかなかったのかと言えば、いつもはあごの辺りで揃《そろ》えられていたボブカットが、少々伸びて頭の後ろで結ばれていたからだ。

「なるほど。ほんのちょこっと髪型が違うくらいで、麦ちゃんの親友で、かつ家もお向かいさんであるわたしに気づかなかったと。蜜柑崎さんは、好きな女の子以外の顔を覚えないタイプですか？」

「そんなことは……」

ないとは言えない。僕は透明少女を知っていて忘れている可能性もある。

「でも宇佐ちゃん。女の子って髪型を変えて気づかないと怒るけど、その意味で蜜柑崎さんのは最上級の賛辞だよ。『見違えた』って意味で」

おお……彼氏はなんと人間ができているのだろう。絵に描いたように冴《さ》えない大学生に見えるのに、空気読み力が半端じゃない。

「こんなの髪型変えたうちに入らないから」

ばっさり切り捨てられ、男ふたりでしゅんとなった。

「ところで、筑紫野さんはなにしてるの？　彼氏とデート中？」

「いえ、僕は彼氏じゃないです。申し遅れました。宇佐ちゃん麦ちゃんと同じ東京《とうきょう》助手大《じょしゅだい》に通っている、菱橋連太郎《ひしはしれんたろう》といいます。蜜柑崎さんのことは、麦ちゃんからよく聞いてますよ」

僕も麦さんから聞いて知っている。確か大学生をしつつ、占い師の助手でもある青年だ。まあそんなことはどうでもいい。

「連太郎くん。麦さんは、僕のことなんて言ってた？」

「蜜柑崎さん、それわたしにも聞きましたよね」

筑紫野さんが憐《あわ》れみの視線を向けてくる。

「べ、別に必死なわけじゃないよ。ただの興味だから。で、連太郎くん？」

「パンが好きな人だと言ってました」

「確かに好きだけど……僕にはほかに伝えるべき情報がないのかな……？」

「ええと、麦ちゃんが好きなものを好きな人、という解釈ができます」

「物は言い様」

筑紫野さんの心ない言葉に、連太郎くんが咳払いを重ねる。

「とりあえずですね。宇佐ちゃんから話は聞いています。僕たちは蜜柑崎さんの味方ですよ。ふたりを応援する気まんまんです」

僕の密《ひそ》やかな恋心は、東京助手大では周知の事実らしい。

「ありがとう。でも大丈夫だよ」

僕は放っておいてとやんわり伝えた。こういうのって、周りが盛り上がるとかえってうまくいかない気がするし。

「わたしたち信用されてないみたいですね。じゃあ蜜柑崎さんも参加します？」

「参加？　なんの話？」

「今日は年上の彼女と同棲《どうせい》している料理男子の連太郎くんに、麦ちゃんのお店でご飯を作ってもらう会なんです。参加費は三万円ですよ」

「同棲じゃなくて同居！　彩華《あやか》さんは叔母！　あと材料費は麦ちゃん持ちだし、蜜柑崎さんも詐欺だとわかる金額で財布確認しないで！」

連太郎くんが立て板に水でつっこむと、筑紫野さんが小さく舌打ちした。本当にこの人は油断ならない。

とはいえ、もともと麦さんには会いにいくつもりだったので、僕はその会に参加することにした。

「ばっちりアシストします」というふたりに、若干の不安を覚えながら。

2

ブーランジェリーMUGIは住宅街の中にある。

お客さんは常連ばかりでピークタイムはほぼ固定。だからランチを過ぎた午後の時間は、いつもなら麦さんとおしゃべりできる至福のティータイムだ。

「相変わらず、連太郎くんの料理は映《ば》えるねー」

イートイン席の小さなテーブルは、現在四人の男女に囲まれている。僕の正面でぱしゃぱしゃと写真を撮っているのは筑紫野さんだ。

「うん。勉強になる」

左隣の麦さんも、フォカッチャを僕にあずけて真剣な顔でスマホを構えている。

ふたりでゆっくりすごせないのは残念だけれど、たまにはこんな風に友だちと話す麦さんを見るのもいい。

「そんなにすごいもの作ってないよ」

今回のシェフである連太郎くんは、僕の右側で謙遜していた。

彼は僕と似た冴えない大学生風なのに、とてつもなく家事スキルが高いらしい。いまテーブルに置かれているエッグベネディクトという料理も、素人が作ったとは思えないビジュアルだった。

「まあおいしそうに見えるけど、実は簡単なんじゃない？　連太郎くん、十分ちょっとで厨房から戻ってきたし」

ささやかな嫉妬心から、つい口を滑らせる。

「これを十分ちょっとで作る腕前がすごいんですよ。わたしだったら、きっと一時間近くかかると思います」

麦さんにたしなめられ、僕はショックを受けた。

連太郎くんには初めて会ったけれど、実は以前からちょっと意識している。人を遠ざけていた麦さんにとって、僕と出会うまでは連太郎くんが唯一の男友だちだったからだ。それだけでも十分勘繰ってしまうのに、こんな風にほめそやされては平静でいられない。

とはいえ、男の嫉妬ほどみっともないものもない。僕は冷静になるべく、膝に載せたフォカッチャの腹をむにむにと揉《も》んだ。

「完成が早かったのは、いつも彩華さんに作って慣れてるからだよ。それより、あったかいうちに食べて」

連太郎くんにうながされ、みんなフォークとナイフを握った。

実のところ、僕はエッグベネディクトという料理を食べたことがない。というか名前を聞くのも初めてだ。ひとまずじっくり観察する。

エッグベネディクトはハンバーガーのような料理らしい。一番下に円形のパンが敷かれていて、真ん中にベーコンが行儀よく挟まれている。てっぺんには得体の知れない白いふわふわがあり、上から見るも鮮やかな黄色いソースがかかっていた。

味は想像がつかないけれど、とてつもなくうまそうな見た目ではある。

「いただきます」

全員が同時に言って、僕はこわごわとふわふわにナイフを入れた。

すると中から卵の黄身があふれ出る。

「すご……連太郎くん、このポーチドエッグ絶妙！」

普段はクールな麦さんが、卵を食べて興奮気味に叫んだ。

「オランデーズソースって、レモン風味でベーコンがすごくおいしくなるねー」

普段は腹黒い筑紫野さんも、無邪気に料理を頬張っている。

僕は女性陣のべたぼめに疑念を抱いた。

本当においしいんだろうか。確かに見栄えは悪くない。でも食材だってありきたりだし、ふたりは友だち補正でお世辞を言っているだけじゃないか？

などと眉唾モードを発動しながら、料理を口へ運ぶ。

「……まいです……まいです」

相当にハードルは上がっていたはずなのに、連太郎くんのエッグベネディクトはそれをあっさり越えていった。豊穣の神への感謝が止《や》まない。

まず口の中にふわりと広がったのは、温泉卵よりもとろっとした半熟の卵。そこにベーコンの塩気が加わり、レモンの香りが鼻を抜けていく。

具材は本当にシンプルなのに、どれも調理が完璧という印象だ。僕は食通でもなんでもないけれど、これはプロのレベルなんじゃないかと思う。

「蜜柑崎さん。食レポにオリジナリティを出そうとしてるんでしょうけど、その『まいです』ってやめたほうがいいですよ。男性は普通に笑顔で、『うまっ』とか言ってるほうが素敵です」

やんわりだめ出しされた。でも筑紫野さんは一応、僕と麦さんがうまくいくように応援してくれている人だ。その意見は拝聴すべきだろう。

「わかった。じゃあ……うまっ！」

言い直すと「三十点」と返された。これから精進します。

「いやでも、本当においしいのは麦ちゃんちのパンですよ。このイングリッシュマフィン、きめが細かくて、味見したらトースト前でも十分おいしかったし。カリカリにしたらもう最高で。少し彩華さんに買って帰ろうかな」

連太郎くんは根っからの料理好きであるようだ。聞けば高校時代は「家事部」の部長で、いわゆる黒一点だったらしい。いまだって女子ふたりと同じ目線できゃっきゃしていいるし、僕とは正反対の人生を送ってきたのだろう。

「連太郎くんの奥さんになる人は幸せだろうねえ」

言いながら筑紫野さんが、僕に意味ありげな視線を送ってくる。

「うん。こんなにおいしい料理が毎日食べられるんだもんね。連太郎くん、ものすごく女の子にモテそう」

僕は愕然《がくぜん》とした。麦さん、麦さん、あなたはやっぱり連太郎くんのことが好きなんですか？　だから彼女がいないか探りを入れているんですか？

「いやいや、僕なんて全然モテないよ。だって僕は、蜜柑崎さんみたいに髪型がかっこよくないから！」

僕にだけ見えるように、連太郎くんがぐっと左手の親指を立てた。

この青年はどこまで空気が読めるのか。そして僕という存在は、もう髪型の付属物でしかないのか。

「でも実際、連太郎くんはモテないタイプだよねー。だって今日だけで、三回も叔母さんの名前を出してるし。蜜柑崎さんのほうがましかな？」

みんなが気づいているのに指摘しなかったことを、筑紫野さんは平然と言ってのけた。これも僕へのアシストだと言い張るなら、あまりに腹が黒すぎる。連太郎くんは親指を立てたまま、床へ飲みこまれていきそうだ。

「蜜柑崎さんは、おモテになるんですか?」

尊い犠牲の甲斐《かい》あってか、麦さんが僕に興味を向けてくる。

しかし答えるのが難しい質問だ。肯定すれば筑紫野さんに「ご冗談を」とつっこまれそうだし、否定して麦さんに「ですよね」なんて同意されたら、たぶん三日は立ち直れない。

逡巡《しゅんじゅん》しながらフォカッチャの腹をもにもにと揉む。するといいかげんにしろとばかりに「フシュ!」と鳴いて、小さな体がもがいて飛んだ。

「あ」

フォカッチャが逃げた拍子に、椅子の背にかけていたリュックが落ちる。不運にもファスナーが閉まっていなかったようで、中から赤い包みの箱が転がり出た。

「おやまあ。これバレンタインのチョコじゃないですか?」

筑紫野さんが箱を拾い、目で説明を求めてくる。

「いや、それは……」

「蜜柑崎さん、おモテになるんですね」

目が点になるという表現があるけれど、実際にそうなっている人を見るのはけっこう怖い。いまの麦さんは驚いていると言うより、二時間ドラマのヒロインが恋人の浮気現場を目撃して、ショッキングな効果音とともに殺意を抱く瞬間の顔だ。

「い、いや、これはまだチョコとは確定していなくて……」

「シュレディンガーのチョコですか？　またずいぶんと白々しいことをおっしゃいますね。別に言い訳する必要はないと思いますけど」

言葉づかいは丁寧だけれど、その声は金属のように冷たい。

「だから、本当にそういうんじゃなくて……」

「そうですか。蜜柑崎さんはモテモテですか。わたし、全然知りませんでした。危うくだまされるところでした。おいで」

フォカッチャを抱き寄せると、麦さんは白いおなかに顔をうずめた。

すーはーすーはーと、ただならない呼吸音だけが静寂の店内に響く。

「じ、じゃあ、わたしたちはもう帰るんで。蜜柑崎さん、ふぁいとー」

最初に筑紫野さんが耐えきれなくなり、とってつけたように「応援」して席を立った。空気を読んだ連太郎くんは、無言でそそくさと店を出る。

なんて薄情なとぼやきたいけれど、もう自分でなんとかするしかない。

「ええと、どこから話せばいいのかな。とりあえず……誤解なんだよ麦さん」

「でしょうね。浮気した男性はみんなそう言います。刑事ドラマでは」

「ドラマの話をされても。それにまだつきあってもないのに浮気って」

「そうですね。わたしたちはただの友人です。だから蜜柑崎さんが誰と交際しようとも、わたしにはなんの関係もありません」

麦さんの手から逃げだしたフォカッチャが、テーブルの上でテニスの審判のように首を左右に動かしている。意外にもご主人さまに味方をする気はないようだ。

「じゃあなんで怒ってるの」

「怒ってません。怒ってませんが、あの日の言葉は忘れることにします」

「だから！　ちゃんと釈明させてよ」

「無意味です。わたしたちは『つきあってもない』んですから」

「この……頑固者！」

「逆ギレですか？　不誠実の極みですね」

顔はいつものポーカーフェイスだけれど、麦さんは明らかに感情的だ。このままでは言葉尻をつつきあうだけで終わってしまう。抜本的な打開策が必要だ。

「じゃあもう一度言うよ」

「しつこいですね。申し開きは承りません」

「そうじゃないよ。『あの日の言葉』をもう一度言うんだ。世界中に聞かせるつもりの大声で、麦さんが『忘れることにした』愛の告白を――」

麦さんが真っ赤になってカウンターを振り返った。開いたままのドアの向こうのパン工房では、ご両親がそろって働いているはずだ。

「やめてください。それは告白じゃなくて脅迫です」

「じゃあ僕の話を聞いてください」

「……蜜柑崎さん。普段は優しいのに、ときどき本当に卑怯になりますね」

それは麦さんが意固地だから、ってもういいか。

「僕が好きなのは麦さんだけ。まずこれだけは信じて」

「そう仮定して弁明をうかがいましょう」

「ありがとう。僕はこのチョコをくれた女の子のことは、名前すら知らないんだ。好きになんてなりようがないんだよ」

「百歩譲ってそうだとしても、しっかり受け取ってるじゃないですか。さぞかしかわいい女の子だったんでしょうね」

「受け取ったときは、ゼミの後輩の子が旅行のお土産をくれたと思ったんだよ。チョコだって気づいたのは、もらったあとなんだ」

「名前も知らない相手にお土産？　この時期に『St. Valentine's Day』の文字がある箱を受け取って、チョコだと思わない？　おいおい。そんなジョークじゃ看守からタバコは恵んでもらえないぜ」

　麦さんがアメリカンテイストで大げさに肩をすくめた。いかにも刑事ドラマ好きな麦さんらしい、取調室で下っ端刑事が言いそうなセリフだ。

　しかしこのセリフが出るときは、たいてい誤認逮捕でもある。下っ端の相棒であるベテラン刑事が無実に気づいてくれるまで、僕は身の潔白を訴えるしかない。

「本当なんだ。僕には信じてとしか言えない」

「だったらもうちょっと本当っぽい嘘を……なにフォカッチャ？」

　テーブルの真ん中で、フォカッチャが二本足で立っていた。まるでアリクイの威嚇ポーズみたいに、僕の前で短い両手を目一杯に広げている。

「フォカッチャ刑事、信じてくれるんですか……？」

「不本意ですけど、そう見えますね……」

　その愛らしい通せんぼに心を癒やされたのか、麦さんがくすりと笑った。

　どうやら肩の力も抜けたみたいだし、一時休戦して話題を変えよう。

「さっきの連太郎くんの料理、すごくおいしかったね」

「そうですね。わたしもあそこまでおいしいとは思いませんでした。でもエッグベネディクトは参考にならないかもしれません」

聞けば麦さんは、日本人の口にあうイングリッシュマフィンの食べかたを研究しているらしい。店での売り上げがあまりよくないので、なるべく簡単でおいしい調理法を紹介したいそうだ。

「そっか。材料はシンプルでも、プロ級の技術が必要っぽいもんね」

「ええ。忙しい朝にトーストだけして、誰でもちゃちゃっと作れておいしいものが理想なんです」

「あのファストフードみたいに、ベーコンと目玉焼きとかは？」

「わたしは大好きです。でもイングリッシュマフィンはなんにでもあうので、どれをおすすめすべきか悩んでしまって」

先月のマルシェもそうだ。麦さんはベストのマリアージュを探すことにひたすらこだわった。まあ頑固さはパン職人に必要なことかもしれないけれど、ときには食べる人の気持ちになることも大事だろう。

「だったら、全部おすすめしていいんじゃない？」

「そんな適当な」

「たくさんの組みあわせから、自分で選ぶ面白さってあるよ。たとえばクレープ屋さんとか、並んでいるときにトッピングを考えてわくわくしない？」

子どもの頃にクレープ屋さんの前を通るたび、友人と最強のメニューを考えたものだ。似たようなことは男女を問わず誰もが経験するだろう。

「つまり、一番はお客さんが決めるべきで、わたしが選ぶのは傲慢《ごうまん》だとおっしゃりたいんですか？」

「そこまでは言ってないよ……そういう方法もあるって提案しただけだから」

「いま『めんどくさい女』って思いましたね？」

「思ってない思ってない」

麦さんが口をとがらせそっぽを向いた。珍しくすねているみたいだ。

「蜜柑崎さんは……そういうところでいつも柔軟ですよね。わたしにはない発想ばかりで本当に驚かされます」

「そ、そうかな。そう言われるとうれしいかも」

「別にほめてませんよ。好きになる人も誰でもいいんだろうなって話です」

鎮火したと思われていたのに、まだ残り火がくすぶっていたらしい。自分の嫉妬深さを恥じていたけれど、麦さんもなかなかのやきもち焼きだ。

「蜜柑崎さんは、わたしに『恋をしています』と言ってくれました。その目的はなんですか」

「目的って言われても――」

その日は就職先での顔あわせという予定があった。麦さんに駅まで見送られてホームに立った僕は、なぜかいましかないと走って戻り、エスカレーターで密着しながら想いを伝えたのだ。

「自分の中で想いが高まって、どうしても好きだと伝えたくなったんだ。それ以外の意味なんてないよ。だから目的もない」

「では恋愛関係は望んでないんですね。それは重畳《ちょうじょう》です」

ほっと息をつき、麦さんがすこやかに微笑む。

「いや待って待って！　重畳ってどういう意味？　好意を伝えたのに恋人になりたくない人なんていないよ！　麦さんは恋愛に興味がないってこと？」

「人並みにありますよ。なさそうに見えますか？」

見える。そういう方面にちょっとうとそうだし。でもないわけじゃないと知ってほっとした。僕にはきちんと未来がある――。

違う。

人並みに恋愛に興味があって、かつ僕が恋愛関係を望んでいないことを麦さんが喜ぶなら、答えはひとつしかない。

「麦さんは、僕とは友だちでいたいってこと……？」

「はい。わたしは蜜柑崎さんとの恋愛関係を望んでいません」

世界がぴたりと停止した。

なにも見えない。

なにも聞こえない。

なにも考えられない。

蜜柑崎捨吉の恋物語は、春を迎える前に幕を閉じた。


「――さん！　蜜柑崎さん、息をしてください！」

我に返ると、麦さんがテーブルから身を乗りだして慌てていた。フォカッチャも僕の指を嚙んだり、やわらかいおなかを押しつけたりしている。

けれどそれらはすべてモノクロの映像で、音は別の部屋から聞こえるみたいに小さかった。自分の存在も希薄というか、世界がとても遠く感じる。

「落ちついてください。別に蜜柑崎さんが嫌いとかじゃないですから。わたしもたぶん……蜜柑崎さんと同じ気持ちです」

「おおお……！」

視界が急速に色づき始めた。あっという間にビートルズのアルバムジャケットみたいなカラフルな景色が広がり、麦さんの声どころか音楽までも聞こえてくる。僕は自分を取り戻し、「愛こそすべて！」と世界に叫んだ。

「同じ気持ち……ありがとう麦さん。でもそれだったら、なんで恋愛関係を望んでないなんて言ったの？」

「報告が遅れましたが、実は結婚することになったんです」

僕は椅子から崩れ落ちた。今度こそ死んだ。

「大丈夫ですか蜜柑崎さん」

我に返ると、無表情な麦さんが僕を上からのぞきこんでいた。腹にはフォカッチャのぬくもりとチクチクがある。

「……うん……なんとも……ないよ……」

息も絶え絶えに立ち上がり、椅子に座り直す。全然大丈夫ではない。

「それで、結婚の話なんですけど」

「……全然知らなかったよ。結婚が決まっているなら、僕と麦さんが恋人関係になるのは無理だよね。はは……」

どうか責めないでほしい。真っ先におめでとうと言えない僕の弱さを。

「わたしじゃありません。結婚するのはフォカッチャです」

「え」

「先日から、陽子《ようこ》さんのお店でお見合いをしていたんです。相手の子といい雰囲気になったので、うちで引き取ることになったんですよ」

そういえば、以前に髪を切ってもらったときにそんな話題が出ていた。僕が知らないところで、いつの間にか縁談は進んでいたらしい。

「よかった……本当によかった……」

心の底から安堵《あんど》した。そのまま「おめでとうございます」と、テーブルの上で丸まっていたフォカッチャに祝辞を述べる。最近肉づきのよくなった新郎は、少し誇らしげな表情でころころした。

「でも麦さん。なぜあの流れから、フォカッチャの結婚の話になったの？」

「ハリネズミは、出会った相手と一生添い遂げることで知られています。お互いの間に問題があっても、夫婦となったら辛抱強く解決するそうです」

「あ、聞いたことあるよ。ハリネズミの夫婦はお互いの針で傷つけあわない、ちょうどいい距離を探すんだって」

いとこの結婚式でのスピーチだったと思う。僕はピンとこなかったけれど、「三つの袋」を聞き飽きていた世代には好評だったようだ。

「さっき……ちょっとケンカみたいになったじゃないですか」

ぶすっとした口調で麦さんが言う。僕とは目をあわさずに。

「ケンカをしていたつもりはないけど、チョコレートのことだよね？」

「そうです。もしもわたしと蜜柑崎さんが恋人であったなら、あれは破局の原因になったかもしれません」

「だから誤解だってば」

「誤解かどうかは関係ありません。友人の間柄と違って、恋愛関係はささいな行き違いで壊れてしまうんです。誰も悪くなくても」

人間とハリネズミは違う。恋人同士に問題が起こった場合、修復の努力をせずとも関係を解消することが可能だ。つまり人間は問題を解決するのではなく、始めからなかったことにしてしまう。

だったら友人でいたほうが、恋人の間にしか起こらない問題がない分だけ関係を維持しやすい。麦さんはそう考えているのだろうか。

逆に言えば、僕との関係をそれだけ大切にしたいと思ってくれているようだ。というか「同じ気持ち」なら、相思相愛じゃないか。

などと浮かれている場合ではない。

相思相愛なのに恋人になれないのは、僕に不足があるからだろう。一緒に問題を乗り越えられると、麦さんが信じるに足る根拠が欠けているのだ。

「麦さんの考えはよくわかったよ。だから友人……謎解きのパートナーとして頼みたいんだけど」

鼻をひくりと動かす麦さん。謎の匂いをかぎとったらしい。

「僕にチョコレートをくれた女の子が誰か、一緒に捜査してくれないかな？」

「そんなの嫌ですよ！」

「どうして？」

「だって……その子は蜜柑崎さんのことが好きだから、チョコレートを渡したんですよ。彼女に悪いじゃないですか」

デリカシーが欠けているのは承知の上だ。

この半年で成長はあったけれど、根本的な部分で麦さんは変わっていない。

いまでも人の心にうっかり踏みこみ、相手を傷つけることを極端に恐れている。恋人関係を望まないのは、僕への配慮もあるはずだ。

そう考えた場合、「透明少女の謎」を解くのは麦さんのためにもなる。

誰かの心に踏みこむこと、関係の変化に向きあうことは、今後両親に出生の秘密を尋ねるために、麦さんが身につけなければならない勇気だ。

問題はどうやって説得するかだけど、ここは初心に戻ってみよう。

「嫌ならしょうがないね。それなら代わりにフォカッチャを貸してよ」

テーブルの上でフォカッチャがひくりと耳を動かした。少しはリュックを落とした責任を感じているのかもしれない。

「この子をですか？」

「うん。ものすごく目立つ子なのに誰も知らない『透明少女の謎』なんて、僕ひとりでは手に負えないから」

僕が「謎」をつけた釣り針を垂らすと、麦さんの鼻が激しく動いた。

実際はただの人捜しだけれどそこは言い様。麦さんと出会ったばかりの頃、僕はこの手で幾度も謎解きデートに誘いだしている。

「……わかりました。フォカッチャの付き添いで、わたしも同行します」

聖母は僕を見捨てなかった。あとは明日の自分に期待しよう。

3

二月十四日。運命のバレンタインデーがやってきた。

学内で一番大きい学食「OMOIDE」には、朝から多くの学生がいる。僕はめったにこないので断定できないけど、男子学生は従来よりもそわそわしているように見えた。この歳でも奇跡を期待するピュアな人間はいるらしい。

「蜜柑崎さん。気になっていることがあるんですけど」

向かいの席で麦さんがささやく。

うちの大学はどこへ行くにもだいたい中庭を通ると言うと、麦さんはOMOIDEの窓際席を確保した。ここなら中庭の大半が視界に入るし、透明少女を見つけたらすぐに移動できる。さすが張りこみのプロだ。

「今日は平日で授業もあります。なぜ彼女は、バレンタインデーの当日ではなく前日にチョコレートを渡したんでしょうか？」

うちの大学にくるのは二回目なので、麦さんに緊張した様子はない。しかし胸の前に抱えられたフォカッチャは少々興奮しているようだ。こんなに多くの人を見たことがないのか、寝袋から頭を出してきょろきょろと落ちつきがない。

「言われてみればそうだね。今日は用事があるとかじゃないかな」

「チョコレートを渡したい相手がいる女性に、バレンタインデーを差し置いて用事があるとは思えません」

「その理屈だと、十三日にもらった僕は意中の人じゃないってこと？」

「断定はできません。ただもしも本当に用事があった場合、わたしたちの張りこみは空振りに終わります」

確かにそうだ。逆に透明少女が見つかったなら、僕が麦さんからチョコをもらえる可能性も出てくるのではないか。

「蜜柑崎さん。わたしじゃなくて外を見てください」

僕は慌てて顔の向きを変えた。人のいないテラス席の向こうに中庭が見える。

麦さんにも赤い髪の女の子だとは伝えているけれど、実際に透明少女の顔を見たのは僕だけだ。よそ見をするわけにはいかない。

「もう授業が始まってるのに人が多いなあ」

「わたしも午後は講義がありますので、なんとか午前中に見つけてください」

そう言われてもと中庭を見渡すも、それらしい女性の姿はない。

「そもそも、蜜柑崎さんは彼女のことをどのくらい知っているんですか?」

「なにも。赤い髪で印象を全部持っていかれちゃってるというか。ただちょっと幼い雰囲気だったから、ゼミの後輩の一年生だと思っただけで」

「ゼミの受講者は何人いますか?」

「多いんだ。百人近くいると思う。上級生が研究発表する形式だから、一年生の顔も名前も覚えてなくて」

そもそも全学年がそろうゼミ形式の授業も珍しい。二年生になるとグループ発表などで名前を知る機会があるけれど、一年生はほぼお客さん扱いだ。

ただ上級生と交流を持とうとするお客さんがいないわけでもない。近くの席に座った一年生からお菓子をもらうことは、少ないながらもあった。

「その情報は参考になりませんね。某所からのタレコミによると、蜜柑崎さんはちょっと髪型が違うだけで、女性の見分けがつかないそうですから」

「別に伏せなくても、誰が密告したかわかるよ……」

アシストすると言った舌の根も乾かぬうちに、背後からちくちくと刺してくる。まったく腹黒女子大生は油断も隙もない。

「蜜柑崎さんは、わたしのことも髪型で見分けている節がありますね」

「確かに『パンに似てる』って話題にしたことがあったけど、麦さんが変えたら絶対に気づくよ」

そしてほめ倒す。でもいまの髪型も似合っているので痛しかゆしだ。

「ほかに情報がないなら、もう唯一の物証を確認するしかありませんね」

麦さんがちらと僕のバッグを見る。もし箱の中にチョコが入っていたら、僕の恋路はそこで終わりだ。

「ま、まだ早いよ。せめてもうちょっと張りこんでから、ね？」

言い訳にはなっていなかったけれど、麦さんは納得してくれた。たぶん性格のおかげだろう。透明少女の心に土足で踏みこむことは避けたいのだ。

「ほかに彼女を特定できそうな情報はありませんか？」

「ない……かな。そもそも僕には異性の知りあいがいないし。真っ先にゼミの一年生を可能性として考える辺りで、諸々《もろもろ》察してください」

バレンタインに好きな人といて、なぜ僕はみじめな思いをしているのか。

「となると、ますますひと目ぼれの可能性が濃厚ですね」

「もっとないってば」

僕は一笑に付した。そして自分で傷ついた。

「あると思いますよ。最近の蜜柑崎さんは好青年風ですし」

「風……まあ僕は『髪型がかっこいいだけのメンズ』だしね」

「別にそんなことは……」

言葉は濁されたまま続かなかった。

結局のところ、麦さんは僕のことをどう思っているんだろうか？

昨日は「同じ気持ちです」と言ってくれたけれど、それを両想いと解釈したのはあくまで僕だ。麦さんが明言してくれたのは「大切な友人」どまり。

こんなことは言いたくないけれど、このまま思わせぶりな態度でいられると、「出生の謎を解くための相棒として利用されている」と考えてしまいそうで怖い。

証《あかし》がほしいと考える僕は、求めすぎなのだろうか。

それとも最大の謎を解かない限り、麦さんの心のドアは開かないのだろうか。

「蜜柑崎さん、あの人はどうですか？」

麦さんが中庭のベンチを指さす。

「フォカッチャがずっと見ているんです。さっきからひとりでいるようですし、スマホもいじらず誰かを探しているようで」

「背格好は似てる気もするけど……髪の毛が決定的に違うよ」

ベンチに座った女性はごく普通の黒髪だった。最大の特徴が違うのだから、近づいて確認するまでもない。

「あ、緑の髪。あれってイエモンさんですよね？」

「ほんとだ……あっ！」

透明少女と同じくらい目立つ頭のイエモンが、ヘッドホンをしたままぶらぶら歩いていた。そしてベンチのそばで、「よっ」というように片手を上げる。

イエモンとコンタクトしたのは、ベンチに座っていた黒髪女性だ。さっきまで後ろ姿で確認できなかった横顔が見える。

「あの子だ！　透明少女！」

顔は覚えていなかったけれど、昨日の今日なのでさすがに識別できた。髪色が赤から黒に変わっている理由はわからないものの、彼女が透明少女で間違いない。

「なんで、イエモンが彼女と……？」

透明少女の隣に座り、イエモンは楽しげだった。初対面の感じじゃない。

「出ましょう蜜柑崎さん。近くに行けば声が聞こえます」

テラス席に出るガラスの引き戸を開け、中庭のレンガ道を忍び足で歩く。

こっそりベンチの裏側に回りこむと、僕らは辺りにいたハトにえさをやる素振りで会話を盗み聞いた。

「蜜柑崎も、すごく喜んでたよ」

イエモンの声だ。

「本当ですか？　よかったぁ」

こっちは透明少女の声。

「つか、本当に好きになっちゃったわけ？　あいつのどこがいいの？」

「それは……えー？　恥ずかしいですよぅ」

透明少女が両手で頬を押さえる。しかし恥じらいながらも語り始めた。

「だって、普通にかっこいいじゃないですか。ああいう人」

「まーね。あいつはかっこいいと思うよ。本人には絶対言わないけど」

「おつきあいとか、できますかね？」

「できんじゃない？　いまのところ彼女いないはずだし」

透明少女が「やたっ！」とはしゃいだ声を出す。

「じゃ、そろそろ部室に行ってめし炊くから。そういや蜜柑崎、今日くるかな。あいつがこないと困るけど」

「……ですよね」

暗い顔で肩を落とす透明少女。

「いやまあくるっしょ。んじゃ告白がんばってー」

イエモンがヘッドホンを装着して立ち去った。

やや間を置いて、透明少女も同じ方向へ歩きだす。

「よかったですね蜜柑崎さん。念願の恋人ができますよ」

麦さんの声にも表情にも感情がなかった。考えうる限り最悪の結末だ。

「昨日も言ったけど、僕が好きなのは麦さんだけだよ」

「でもあの子、完全に恋する乙女だったじゃないですか。蜜柑崎さんは、あんなにかわいい子を傷つけるおつもりですか？」

「しかたないよ。彼女の気持ちには応えられない。僕は麦さんが好きだから」

自分がこんなセリフを吐く日がくるなんて、思ってもみなかった。この先だって言うことはないだろう。

「そんな言いかた……わたしのせいにしたいんですか！」

僕をにらむ瞳から、大粒の涙がこぼれ落ちた。まずい。

「違うよ。麦さんのせいなんかじゃない」

否定したけれど、麦さんは自分を責めるだろう。また自分のせいで人を傷つけてしまったと苦しむかもしれない。

けれど人と交われば、いつかは必ずそうなる。麦さんが自身の最大の謎を解くためには、この試練を乗り越えなければならない。

とはいえ悔いは残る。これは僕が望んでいた形ではない。こんなことなら、さっさとチョコレートの箱を開けておけばよかった。

「はっきり言います。わたしは蜜柑崎さんと交際するつもりはありません」

「それでも、僕の気持ちは変わらないよ」

今日はバレンタインデー。けれど以降の二月十四日は、僕にとって「透明少女を袖にして麦さんにフラれた記念日」として永遠に記憶に残るだろう。今夜はぶっ倒れるまで飲み明かすことになりそうだ。

「さっきの感じだと、彼女はこれから告白する様子でした。昨日蜜柑崎さんにチョコを渡したのは、イエモンさんに手応えを報告してもらうためでしょう」

「そう……かもね。だったら彼女は部室に行ったのかな」

だからイエモンは『蜜柑崎がこないと困る』と言い、彼女も一緒に暗い顔をしたのだろう。

「今日はありがとう。また麦さんとフォカッチャに助けられたよ」

これ以上はつらくて言葉が出ない。もう立ち去ろうと背中を向けたときだった。

「フォカッチャ！」

麦さんが叫んだ。でも今回はなにかに気づいたわけではなく、ハリネズミのほうへの呼びかけだった。

さっきまでハトとたわむれていたフォカッチャが、僕が見下ろす足の間を駆け抜けていく。猛烈な勢いで、けれど「トテトテトテ……」と効果音が差しこまれそうな短い歩幅で、フォカッチャはどこかを目指している。

「蜜柑崎さん！　追ってください！」

言われる前に走っていた。

中庭にいた学生たちが、「なにあれかわいい！」、「ヤマアラシだっけ？」、「回転ジャンプしたぞ！」と、見慣れぬ生き物を目撃して騒ぐ。

やがてフォカッチャは、非公認サークルの部室棟へ侵入した。

魑魅魍魎のふきだまりを、小さなハリネズミが針をなびかせ疾走する。

とうとう「め組」の部室前にきた。そこに見慣れた巨漢がいる。

「通行止めである」

丼谷が立ちふさがると、フォカッチャはなぜか素直に止まった。

「うわ、ちっちゃ！　なにこれハリネズミ？」

すぐ横にイエモンもいる。

「ていうか麦ちゃん？　なんでここにいるの？　あ、蜜柑崎もいる」

麦さんがフォカッチャをつかまえて抱き上げた。

荒い息を吐きながら、僕はイエモンの両肩をつかむ。

「彼女は、中に、いるのか……？」

「いるいる。蜜柑崎、スゲェいいタイミングできたよ」

イエモンが部室のドアをわずかに開けた。中をのぞくように指で誘ってくる。

「……ニガリ？」

隙間から部室の中を見ると、中央に透明少女が立っていた。

その隣にニガリが所在なさげに立ちつくしている。なにやら困惑した様子で、透明少女から正方形の箱を渡されていた。

「あの包み紙……！」

透明少女が渡した箱は、形こそ違うものの、僕がもらったチョコレートと同じ赤い包み紙だった。

「箱の形からすると、チョコっぽいですね。どういうことでしょう……？」

麦さんが小首を傾けると、イエモンが「前にさ」と小声で言う。

「しゃもじがなくなった事件があったっしょ？　蜜柑崎は完全に忘れてたみたいだけど、あの子、あのときの一年だよ」

先月そんな事件があった。LGOというはた迷惑な動画投稿サークルによるしゃもじ盗難騒動で、その実行犯はいたいけな一年生の男女だった。透明少女はそのときの女子学生らしい。

「わたしが目星をつけたら、蜜柑崎さんが、『危険かもしれないから』ってひとりで会いにいった人ですよね……危ない人には見えませんけど」

その通りだ。麦さんは直接会っていない。あのときかっこつけようとせず一緒に行動していたら……なんて後の祭りだ。

「あのあとさ、みんなに内緒で丼谷がカチコミに行ったんだって。ニガリが一年をかばったって話とか聞かせて、代表のすっとぼけとかいうやつが泣くまで説教したらしいよ。うちのリーダーは人間ができてないね。グッジョブ」

「ノーバディーズ・パーフェクトである」

イエモンと丼谷が、こつんと拳をあわせた。

直訳すれば『完璧な人間などいない』。僕らからすれば賢人の丼谷も、仲間のこととなると冷静でいられないようだ。

「で、その話を聞いたあの一年の子が、『ニガリさんステキ！』ってなっちゃったみたいでさ。米を洗ってるときに相談受けたんだよ」

まだ謎の全容は明らかになっていないけれど、これだけは確実に言える。透明少女の想い人は、僕ではなくニガリだったのだ！

ガッツポーズをしながら麦さんを見る。目はあわせてくれなかったけど、右手はフォカッチャのおなかをしゃかしゃか撫《な》でていた。機嫌はいい。あとは謎をすべて解き明かして、ハッピーエンドを目指そう。

「イエモン、それはいつ頃の話だ？　僕が彼女と話しているのを見て、あれは誰かと聞いてきたのは芝居だったのか？」

「最初に話したのは一週間くらい前かな？　蜜柑崎のときは、ほんと遠くてわかんなかったんだよ。あの日は赤いウィッグかぶってて別人だと思ったし」

「ウィッグ？　あの赤い髪は、カツラだったのか……？」

「なんか動画用のキャラらしいよ。先輩がポンコツだから、最近は自分たちで企画したりプロデュースしてんだって。ほら」

イエモンがスマホを操作して画面を見せてくれた。『代表の留年が確定して大草原不可避ｗｗｗ』と題された雑談動画に、赤い髪の透明少女が映っている。投稿者の名は「難波《なんば》ガール」となっていた。大阪《おおさか》の出身だろうか。

「うおっ！　こんなとこでなにしてんだおまえら」

部室から出てきたニガリが珍しく狼狽《ろうばい》している。

「なんでニヤニヤしてるだけで答えないんだよ……もういい。今日は外で食うからめしはいらない。米は炊いてある。じゃあな」

よほどテンパっていたのか、ニガリは意識高い用語も使わなかったし、麦さんがいることにも気づかずに去った。

「みなさん、先日は本当にすみませんでした。福岡市《ふくおかし》博多区《はかたく》から参りました難波ガールと申します。これからニガリさんとごはん行ってきます。じゃっ」

透明少女あらため難波さんは、イエモンにピースサインをすると、小走りでニガリを追いかけていった。

「蜜柑崎さん、ひとつ引っかかりませんか？」

麦さんが僕の袖を引く。

「うん。大阪出身じゃなかったね」

「そこじゃないです」

「まーまー、麦ちゃん。立ち話もなんだし、どうぞむさくるしいところへ」

イエモンがいつもの調子で部室へ案内した。

「早速ですが、蜜柑崎さんはなぜ、十三日に難波さんからチョコを受け取ったんでしょうか？」

僕の定位置に座った麦さんが疑問を提示する。

「いやー、それは……くはっ！」

イエモンがこらえきれないといった様子でふきだす。

「悪い悪い……っていうか、もう開けちゃったほうが早いっしょ。『チョコ』」

言った瞬間、またイエモンがぶふーっとうるさい。

とてつもなく悪い予感がした。急いでリュックからチョコの箱を取りだし、みんなに見守られながら包みを開ける。

「これは……！」

思わずといった感じで感嘆の声を漏らしたのは、誰あろう丼谷だった。

「伝統あるヒガシ工芸の丙午《ひのえうま》。切ってよし、よそってよし、混ぜてよしの、三拍子そろった銘杓《めいしゃく》である」

日頃寡黙な丼谷が饒舌《じょうぜつ》になるのも無理はない。それは素人の僕が見ても美しいと思えるような、桐《きり》箱に入った立派なしゃもじだった。

「難波ちゃん、ずっと『め組』にお詫びをしなきゃって思ってたらしいよ。蜜柑崎に渡したのは、外で動画撮影して戻るところにたまたまいたからだって。恥ずかしいから早くウィッグ外したくて、さっさと戻ったって言ってた。くくっ」

「笑うなイエモン！　しゃもじにこんなラッピングをされたら、誰だって誤解するに決まってるだろ！」

「それは女子ですから、さすがに桐箱のままというのは。バレンタインの包み紙になったのは、本命であるニガリさんのチョコ用に、たくさん買ってあったんだと思います。ただ彼女も誤解されることを懸念したんでしょう。だから十三日に渡したり、わざわざ『義理チョコじゃないです』と言ったんだと思います」

麦さんが乙女心を解説してくれたけれど、その気遣いが余計に僕を振り回したのだと言いたい。

「じゃあベンチでイエモンが言ってた、『蜜柑崎がこないと困る』は……」

「『めしがよそえなくて困る』に決まってるじゃん。あの事件でしゃもじが壊れてから、ずっと箸でやってたし」

僕は敗北感にまみれていた。チョコをもらったことにぬかよろこびし、なぜか麦さんと険悪になり、その上いざ開けてみたらしゃもじだったなんて、どんな顔をすればいいかわからない。

「それじゃ、蜜柑崎さん。わたしもそろそろ学校へ行きますので」

「あ、うん。今日は本当にありがとう。門まで送るよ」

「大丈夫ですよ。もう二回目ですから」

避けられたのかとも思ったけれど、険がある感じではなかった。まあケンカの原因自体がなくなったので、麦さんが怒る理由はない。

ただ、今日は間違いなく嫌な気分にさせてしまったと思う。友人でいたほうがましという考えは、より強まったかもしれない。

「あの、蜜柑崎さん。このまま部室ですごすのでしたら、フォカッチャをあずかっていただけませんか？　授業に連れていくのはさすがに難しいので」

それについては快く了承し、夕方に届けることを約束した。

「それでは後ほど」

麦さんが部室を出ていくと、僕は脱力してうなだれた。

「ねーねー蜜柑崎。なんか麦ちゃん、先月よりもかわいくなってない？」

こたつに座ると、イエモンがひじでつついてくる。

「最近じゃない。麦さんは生まれたときから美しい。僕の研究によると、『美』という文字は『麦』から派生したという説が有力だ」

「支持するわ。いま帰るときも、一回振り返って、なんかすんげーよく寝たみたいな顔で笑ったじゃん。あれ神感あったわー」

不覚にも、がっくりしていて見逃してしまった。まあ「透明少女の謎」が解けてうれしかったのだろう。

「いいなー蜜柑崎。あんな子にチョコもらえたらいい人生だよなー」

もらえたならそうだろう。けれど今日あらためて、『交際するつもりはない』と明言されてしまった。義理も義務も撒き餌もない。麦チョコの可能性はゼロだ。

「もう僕はだめだ……フォカッチャ、なぐさめてくれ」

おなかモフモフを堪能《たんのう》しようとしたら姿が見当たらない。

泡を食って部室内を捜索したら、丼谷がこたつ布団をめくって言った。

「これにあり」

赤い光の中で、フォカッチャが気持ちよさそうに丸くなっている。

「天使だ……」

「いやされるわー……」

「かわいすぎである……」

僕たちはこたつの中に頭をつっこみ、眠るフォカッチャを小一時間眺めた。

4

「いらっしゃい蜜柑崎くん。ごめんなさいね。麦まだ帰ってないのよ。またフォカッチャと待っててくれる？」

夕方にブーランジェリーMUGIを訪れると、カウンターで月子《つきこ》さんが言った。

ここ数回、僕が店にきても麦さんがいないことがままある。なんだか最近のぎくしゃくを象徴しているようで、地味に気分が沈んだ。

「はあ……これだけがいまの僕のいやしだよ」

ため息をついてテーブル席に座り、寝袋からはみでた白いおしりをつつく。

「はい、チョコレートです。蜜柑崎さん、元気だしてくださいね」

テーブルの上に湯気の立つホットチョコレートが置かれた。顔を上げると、コックコートを着たオーナーがわははと笑っている。

「……ありがとうございます。いまはオーナーのお茶目がありがたいです」

　還暦近い大人のすることじゃないけれど。

「どうした蜜柑崎くん。麦とケンカでもしたのかい？」

「そういうわけじゃないんですけど……」

　さすがにご両親に相談することはできない。ごまかすようにホットチョコレートをすする。ほろ苦い。これが僕のバレンタインデーの味だ。

「麦はとっつきにくいけど、ああ見えて優しい子だよ」

「知ってます」

「日頃はぶすっとしてるけど、笑うとめちゃめちゃかわいいんだ」

「知ってます」

「……高校生の一時期、金髪にしてたなぁ」

「それは知りませんでした」

「ふははは！　麦かわいいクイズで親に勝てると思ったか！」

　オーナーが勝ち誇ったように胸を反らす。奇人だけどいいお父さんだ。

「でも、金髪にした理由は想像つきますよ」

　たとえるならハリネズミの針だ。人を威嚇して近寄らせないことで、自分が相手を傷つける機会を減らそうとする。臆病すぎる麦さんならそう考えただろうと、オーナーに説明した。

「……ありがとう、蜜柑崎くん。麦がきみのような理解者と知りあえて、私もうれしいよ。まあ娘はやらんけどな！」

本人からも拒絶されてます、とは言えない。話題を変えよう。

「前から気になってたんですけど、この店の名前って、やっぱり麦さんから取ってるんですか？」

ブーランジェリーはフランス語でパン屋の意味だ。パンの材料は小麦なので、そっちのMUGIである可能性もある。

「そうとも。もともとはブーランジェリーTAKATSUだったんだ。でも麦がきたときに――」

「あなた？　いつまで油売ってるの？」

カウンターの月子さんにぴしゃりと言われ、オーナーがすごすご退散した。

僕は表面上「ははは」と笑っていたけれど、内心では凍りついていた。

いまオーナーは、『麦がきたときに』と言った。『生まれてから』ではなく、まるで自分の娘がどこかからやってきたように。

麦さんが僕との関係の変化を恐れる理由の根っこは、両親と血がつながっていないことにある。昼間に張りこみしているときにも思ったけれど、「出生の秘密」という最大の謎を解かない限り、麦さんの心のドアはきっと開かない。

「ただいま」

店の入り口で麦さんの声がした。

しかし振り返った瞬間「おや？」と思う。

午前中は髪を頭の後ろで編んだハーフアップだったけれど、いまは高めの位置で束ねられている。いわゆるポニーテールというやつだ。

「おかえり麦さん。その髪型いいね。働くぞーって感じで」

「……蜜柑崎さん、よくわかりましたね。髪型が違うのにわたしだと」

「仮にショートにしたってわかるよ。麦さんは麦さんだから」

というか、僕は髪型で人を認識しているわけじゃない。難波さんのことを覚えていなかったのは、真っ赤な髪にイメージが引き寄せられたからだ。

筑紫野さんに気づけなかったのも、電車で連太郎くんを起こすかいがいしさが、普段の腹黒さと結びつかなかったからだ。

「それじゃ、ちょっと着替えてきますね」

フォカッチャのおしりをしゃかしゃかして厨房の奥に消える麦さん。今日はいろいろあったけれど、思いのほか機嫌はいいようだ。

「まだ挽回《ばんかい》できるかな？　どう思うフォカッチャ」

寝袋からもぞもぞと顔を出したものの、フォカッチャはすぐにぺたりと眠ってしまった。声をかけると目が開くけれど、それも一瞬。

昼間に全力疾走して疲れたからか、睡魔に勝てないらしい。天使め。

「お待たせしました」

三角巾とエプロンを身につけた麦さんが向かいに座る。

手ぶらだった。僕のノー・チョコレートが確定した。

「あれからニガリさんは戻ってきたんですか？」

「……うん。難波さんとつきあうことになったっぽいよ」

まあ断言はしていなかった。でも僕らがやんやとひやかすと、ニガリはへそを見ながら「そんなんじゃない」と言った。つまりはそんなんだ。

「フォカッチャに引き続き、おめでたいですね」

麦さんは微笑んでいる。自分が笑っていることにも気づいていないような、自然な笑顔だ。諦めかけていたけれど、まだチャンスはあるかもしれない。

「本当にそうだね。ニガリやフォカッチャがうらやましいよ。僕なんて、結局オーナーからしかチョコレートをもらってないし」

「そうなんですか」

「……男ってさ、バレンタインのチョコレートにすごく憧れがあるんだよ。普通の日になにかをもらうのとは、全然違うんだよね」

「そういうものですか」

「……最後に女の子からチョコレートをもらったのは、小学校六年の頃かな」

「十年前ですね」

いつの間に起きたのか、フォカッチャが僕の手にぽふっと前足を下ろした。まるで試合に負けたボクサーをなぐさめるセコンドのように。

「くっ……！　麦さん、僕はそんなに欲しがりですか……？」

「なんですかやぶからぼうに」

「僕と『同じ気持ち』で、大切な人だと言ってくれるなら、ちょっとは形にしてくれたっていいじゃないですかっ……ううっ」

「もしかして蜜柑崎さん、わたしにチョコをくれとおっしゃっているんですか？」

恥も外聞もなくぶんぶんうなずく。

「すみません、気がつかなくて。宇佐ちゃんにしかあげたことがなかったので、交際していない男性に渡す発想自体がありませんでした」

「連太郎くんにも？」

「むしろもらいましたよ。叔母さんに作ったトリュフのお裾分けを」

いまの若者はそういう感覚らしい。僕の世代には理解不能だ。まあ一歳しか違わないけれど。

「どうしましょう。ありあわせでよければ用意できますが、ご所望《しょもう》ですか？」

「狂おしいほどご所望です」

「はあ……では適当に見つくろってきます」

涙ぐむ僕を見て、麦さんは不思議そうに厨房へ消えた。フォカッチャがうずくまったまま、じいっと僕を見上げている。

「……言いたいことはわかる。でも言うな」

ハリネズミの視線を黙殺し、座してチョコを待つ。

やがて戻ってきた麦さんは、両手で巨大なトレーを抱えていた。

「作りますので、お好きなものを言ってください」

大小さまざまな皿の中に、色とりどりの食材が並んでいる。

バナナ、みかん、キウイといったフルーツ類。

マシュマロや、板チョコみたいなお菓子。

ブルーベリージャムと、ピーナツバターの小瓶。

たっぷりのホイップクリームと、いつもカフェオレアートに使うチョコペン。

そして追加で置かれたバスケットには、焼き加減の異なるイングリッシュマフィンが二種類入っていた。

「これって、昨日僕が言ったクレープ屋さん方式？」

「ええ。ちゃんとしたチョコレートではないので、せめてバレンタインを楽しんでいただこうかと……余りものですけど」

僕は感動していた。チョコレートがもらえなかったことなんて、ちっとも残念じゃない。僕はいま、誰よりもバレンタイン司祭に感謝している。

チョコバナナ風をとお願いすると、麦さんは手早く作ってくれた。

「『ほどほどにトーストしたイングリッシュマフィンに、バナナとホイップクリームをトッピングしてチョコソースをかけたもの』です。ご笑納ください」

ではと食べ始める。軽く焦げ目がついたマフィンのもちもちした食感。そこに定番のクレープを模した具材の組みあわせは鉄板だった。感動にどこかなつかしさも相まって、思わず鼻がつんとなる。

「……うまい。すごくおいしいよ麦さん」

「涙ぐむほどですか？　なんだかわたしも食べたくなってきました」

「食べて食べて。今度は僕が作るから」

「では……カリカリのマフィンに、イチゴとホイップクリームをお願いします。おまけでナッツのキャラメリゼも」

　昨日はケンカっぽくなってしまったけれど、いまは元通りだと思う。心に踏みこんで相手を傷つけても、ハリネズミの夫婦みたいに問題を乗り越えた。そのことに麦さんは気づいているだろうか？

　そんなことを思いながら、イングリッシュマフィンに食材を載せていく。

「できたよ。ご賞味あれ」

「……おいしい。頭の中で計算していたよりミルフィーユっぽい感じです。キャラメルのパリパリがいいアクセントになってますね」

「それはよかった。僕ももらおうかな」

　これなら連太郎くんの技能がなくてもできる。僕はイングリッシュマフィンの懐の深さに感謝した。

「こういうの、楽しいですね。家族でパーティーをやっているみたいで」

「うん。手巻《てま》き寿司《ずし》とかの雰囲気だね」

「手巻き寿司……ありかもしれません。イングリッシュマフィンはなんにでもあいますから、エビやアボカドも……うん」

麦さんは宣伝のアイデアを閃いたらしく、しばらくぶつぶつ言っていた。

僕はたわむれに眠るフォカッチャを眺める。

「そういえば、フォカッチャってこたつが好きなの？」

「よくご存じですね。リビングにいるときはだいたいこたつの中です」

あのときフォカッチャが走りだしたのは、難波さんを追ったのか、こたつの匂いを嗅ぎ分けたのか。どちらにせよまた借りができたようだ。

「フォカッチャも麦さんもありがとう。本当に一生忘れられないバレンタインになったよ。きっと僕は、死ぬ間際に今日のことを思いだします」

食後にカフェオレを飲みながらお礼を言うと、麦さんは「おおげさですよ」とフォカッチャのおなかを撫でた。

「でも喜んでいただけたならうれしいです。イングリッシュマフィンがもっとチョコレートっぽかったら、さらによかったんでしょうけど」

「麦さんにとっては普遍的なパンだろうけど、僕には特別なものに感じられて心がときめいたよ。それによく考えたら、チョコレートは毎日もらってるからね」

カップを指さす。今日も麦さんがカフェオレアートを描いてくれていた。

チョコレートのペンで、『St Valentine's Day』の文字とハートを。

「でしたら来年も、こんなバレンタインでいいですか？」

「え？　う、うん。もちろん」

麦さんがほがらかに笑い、レジへ戻っていった。

いまのはどういう意味なんだろうか。

来年もこういう関係でいたいと麦さんが考えている？

それは友人として？　それとも——。

麦さんの心のドアはときどき開く。けれど手を伸ばすとすぐに閉まるし、離れるとまたこわごわ顔をのぞかせる。ハリネズミの距離感と同じだ。

でも僕にはもう時間がない。

いいかげん、決着をつけるべきだろう。

麦さんがずっと抱えている、最大にして最後の謎に。

Hedgehogs' bench time -二月-
おみあいフォカッチャ

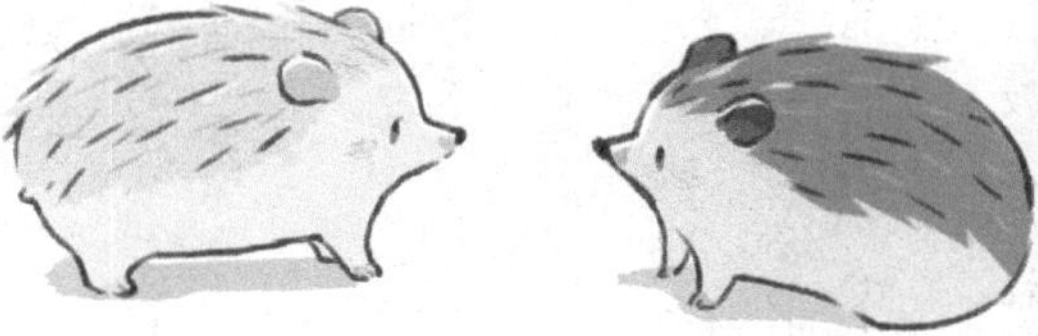

はじめはそれが恋だなんて思わない。
場合によっては十年たっても認めない。
けれど気がつけば、ずっと彼女のことを考えていた。
かなわぬそれと知りながら、喫茶店の窓からそっと文具店を眺める。
店先に立つ彼女の姿を、遠くからただじっと見守る。
それが吾輩の恋である。
って。
ミカンザキの大学で会ったハトが言ってた。
ハトは渡りの小説家。
ぼくはお見合いする。気乗りしないけど。
そう話すと、ハトは諸羽《もろはね》を上げて賛成してくれた。
ハトが片思いをしている相手は、人間で、夫もいるらしい。
『前を向きながら立ち止まるより、後ろを向きながらでも前に進め』
ハトはそう言った。
いままでたくさんのことを、ハトはぼくに教えてくれた。
だから今日、ぼくはエビみたいに進むことにした。

「どうしても外せない仕事があるらしくて、きてすぐに帰っちゃったのよ」

「大丈夫？　飼い主さんいなくて」

ケージの外でムギとヨーコが話している。

「メモをもらってるわ。それに飼い主って言っても、彼女はペットショップのオーナーなの。うまくいくようだったら、この子も麦に飼ってほしいって言ってたわ。友だち価格で」

今日はぼくのお見合い。

ヨーコの足下のケージに、ぼくの相手がいる。

ぼくのお似合いになるかもしれない、メスのハリネズミ。

やっぱりまだ、やる気は出ない。

でもムギは、ぼくに家族を作ってほしいと思ってる。

ムギは家族を大切にしてるから。

その家族には、ぼくも含まれるから。

「でもなんで、ヨーコさんの店でお見合いなの？」

「出不精のあたしを巻きこみたかったのよ。放っておくと、あたしはひとりでふさぎこんでるって思われてるから。それより麦、床材はちゃんと変えた？」

ぼくの寝床のポプラチップが、ある日くるみの匂いになった。

よくかいでみると、ほかにも匂いがした。

「うん。最初は驚いてたけど、もう相手の匂いに慣れたみたい」

「それじゃあまずは、『ケージを近づけてご対面』ですって」

「フォカッチャ、ケンカしないでね」

ぼくのケージがふわっと持ち上がる。

前から相手のケージが近づいてくる。

くるみの床でかいだ、ほかの匂いがした。

「すごい……きれい……。アルビノみたいに真っ白。フォカッチャとは全然別の生き物みたい」

「普通に『ホワイト』っていう種類？　みたいよ。一歳ですって」

彼女はぼくより若いのに、体格は同じだった。

ハリは白くてさらっとしていて、鼻の先っぽはあずき色。

なんだか眠そうな目をして、じっとぼくを見ている。

「ハリネズミには珍しく、お風呂が好きな子らしいわ。だから名前も『オリーブ』にしたんですって。これってどういう意味？」

「ハリネズミは肌が乾燥しやすいから、お風呂にオリーブオイルを一滴垂らしたりするんだよ。そうするとフケが出にくいから」

「へえ。でも名前は相性ばっちりね。フォカッチャにオリーブなんて」

「フォカッチャとはね。問題はわたし……こんにちは」

ムギがケージに手を伸ばす。今日はゴム手袋してる。

「フシュ！」

彼女はハリを逆立てた。匂いが怒ってる。

「フォカッチャも、最初はこうだったたっけ」

ムギが変な顔になる。

あの頃のムギは、触れたらぼくが嚙みつくみたいに思ってた気がする。

「あの頃のフォカッチャは、わたしが近づくと『食べられる！』って思ってるみたいだったよ」

ゴム手袋を外した指がケージのそばにきた。

パンの匂いがするこの指を、少しずつかいで。

ぼくとムギは距離を縮めた。

ぼくはくるみのチップを踏んで歩いた。

向こうのケージの前で挨拶をした。

ぼくのほうが年上だから。

でも、彼女は返事しない。

少し眠そうな目でぼくを見るだけ。

実際ときどき目を閉じる。

「とりあえず、フォカッチャを敵とは思ってないみたいね。じゃあ離れたところで様子を見ましょうか。『あとは若いふたりで』ってね」

「お見合いっぽいね。あ、陽子さん。パン持ってきたよ」

「じゃああたしがお茶を入れるわ。お客さんからマリフレの紅茶もらったの」

ヨーコとムギがどこかへ行った。

ケージの向こうで、彼女はのんびりしてる。

でもときどき、薄く目を開けてぼくを見る。

これが、いまのぼくたちの距離感。

これからぼくは、少しずつオリーブオイルの匂いをかいで。

彼女は少しずつ、パンの匂いをかいで。

互いにちょうどいい距離を見つける。

それが近いと、たぶん家族。

遠いと……なんだろ？

「ところで麦、蜜柑崎くんは元気？」

「とても」

「麦は最近、すごくきれいになったわ」

「気のせいだし、蜜柑崎さん関係ないし」

ムギはむすっとしているけれど、ヨーコの言う通り。

最近はお店でも笑うし、なんかぴかぴかしてる。

でも部屋にいるときは、たくさん不安を抱えてる。

いまでも心がチクチクしてる。

きっともう、ぼくは治してあげられない。

「あたしは好きよ、蜜柑崎くん。麦にまっすぐで」

ぼくはヨーコと違って、ミカンザキが嫌いだった。

でも最近は、応援することにした。

ミカンザキは、ムギのチクチクを治してくれそうだから。

それが、いまのぼくとムギとの距離感。

「フォカッチャ、ずっと横目でオリーブ見てるね。気に入った？」

彼女はきれい。

真っ白でやわらかそうで。

ちょっとムギに似ていて。

だからあんまり、遠くに行きたくない。

だからぼくは、エビからカニになった。

第三話　あんぱん・お花見・その答え（前編）

～あんぱん～

発祥は明治七年。木村屋の創始者である木村安兵衛氏が、西洋文化だったパンを日本人にもなじんでもらおうと和食材のあんこを包んだのが始まり。当時はパン酵母が貴重だったため、酒種で発酵させるなどの工夫が施されている。桜の花の塩漬けをトッピングしたあんぱんは明治天皇にも献上された。

つぶあん、こしあん、うぐいすあんとバリエーションは多いが、あんぱんは中身よりも生地のふんわり感がすべて。

1

冬がバトンを持って走ってきた。春は受け取ったものの落としてしまう。それを冬が拾ってまた渡す。春が再びお手玉する。

三月はそういう季節だ。コートを着て外出する日もあれば、それを腕にかけたまま羽織らないこともある。三寒四温は実に言い得て妙。

でも今日なんかは完全に春だろう。うなじに感じる陽射《ひざ》しはあたたかく、ブーランジェリーMUGIの庭先には若い草花が芽吹いている。

「春はもう、そこまできていますね」

ハリネズミを胸に抱き、目を細めて庭を見ている女性は高津《たかつ》麦《むぎ》さん。

大学も春休みに入ったので、最近の麦さんは朝からずっと働いている。パン職人の修業も本格的に始めたらしく、オーナーの手が空く夕方が一番忙しそうだ。

「きっと、もうすぐ桜が咲き始めるよ」

麦さんの隣にいる僕は蜜柑崎《みかんざき》捨吉《すてきち》。近く卒業を迎える僕の学生生活にも、最近ちょっとした変化があった。

まず朝にイートイン席でパンを食べると、すぐに大学の図書館へ向かう。調べ物に時間を費やすのが日課だけれど、役所に出かけて手続きをしたりもする。四月からの社会人生活にも備える必要があるので、なんだかんだでけっこう忙しい。

だから麦さんと話せるのは、こうして朝食後に見送ってもらうときくらいだ。

「桜……」

「あ、いや、そういう意味じゃなくて、ええと、その――」

麦さんが思い詰めたような表情になったので、僕は慌てて取りつくろう。

今年の初め、僕は麦さんに想いを伝えた。「あなたに恋をしています」と。

その返事は、見晴《みはらし》用水に桜が枝垂れる頃にもらえる約束になっている。だから麦さんは、僕が念押ししているように聞こえたのだろう。

「――そうだ。オリーブはいつくるんだっけ？」

「もうすぐですよ。フォカッチャも待ちきれないみたいです」

僕が知らぬ間に、ハリネズミのフォカッチャはお見合いを進めていたらしい。美容院を営んでいる陽子《ようこ》さんの店で数回会った結果、相手のオリーブ嬢を麦さんが引き取ることになったそうだ。

「よかったね。幸せな家庭を作ってください」

麦さんの腕の中で、フォカッチャが「フシュ！」と鼻を鳴らした。「おまえに言われる筋あいはない」か、「任せろ」か。どちらにせよ頼もしいことだ。

「それじゃ、僕はそろそろ行くから」

「あの、蜜柑崎さん」

「ん？」

「いえ……なんでもないです」

「……うん。じゃあまた明日」

麦さんがなにか言おうとしてためらう。

僕はそれを尋ねようとしない。

ここのところ、僕たちはずっとこんな感じだ。

原因はたぶん僕にある。

僕の告白に対し、麦さんは交際するつもりはないと断言している。それでいて僕との関係は大切だとも言うし、こちらの一方的な片思いでないことをほのめかしたりもする。どの言葉を信じればいいのかわからない。

この状況を改善する鍵は、麦さんの「出生の秘密」にあると思う。

僕は麦さんの友人として、真相を探る手伝いを約束した。けれど恋をしていると伝えてしまったのだから、ルールを破ったのは僕になる。

出生の真相を解明しない限り、麦さんは僕への接しかたで悩み続けるだろう。

それは僕も本意ではない。たとえ最後にフラれるとしても、これだけは春がくるまでに決着をつけるべきだ。

そんなわけで、僕はせっせと図書館に通っているのである。

春休みでも図書館が開いているのは、就活生による情報収集のためらしい。

とはいえ読書スペースにくる学生は皆無なので、机には資料を広げ放題だ。最近増えたひとりごとがうっかり出ても、誰にも咳払いされない。

「さて」

僕は調査ノートを開き、これまで集めた情報を読み返す。

麦さんが両親と血のつながりがないと知ったのは、比較的最近のことらしい。近所のおばあさんが井戸端会議で、麦さんを「もらい子」と言ったのだそうだ。

それを電柱の陰で聞いていた麦さんは、当然根も葉もない噂だと思った。しかし生来の探偵気質からか、きちんと戸籍謄本を確認したらしい。

麦さんが養子であるなら、謄本にはその旨と実親の氏名が記載されている。調べてみると、戸籍上は「長女」と登録されていた。すなわち麦さんは高津夫妻の実子ということになる。

ほっと安堵したものの、疑惑が完全に払拭されたわけじゃない。火のないところに煙が立てば、調べたくなるのもまた探偵。

麦さんは「生々しいので」と教えてくれなかったけれど、おそらくは民間業者でDNA検査をしたのだろう。寝ている間に口腔《こうこう》内の組織を採取する、嚙み終えたガムを回収するなど、相手に知られず親子鑑定をする方法はある。

その結果は、ある意味で予想を裏切らなかった。

麦さんと両親には、血のつながりがないことがわかったのだ。

「で、最初の謎が生じるわけだ」

僕はノートのメモを読み上げる。

「麦さんは両親と血のつながりがないのに、なぜ戸籍謄本に『養子』と記載されていないのか？」

憶測が混ざるけれど、可能性としては三つある。

ひとつは書類表記の際に、ミスが生じたケースだ。役所で処理するのは人間なのだから、なんやかんやと間違いは起こる。

ふたつめは、DNA検査に誤りがあった場合だ。調べた限り親子鑑定の精度は著しく高いけれど、完全に百パーセントというわけじゃない。

最後の三つめは、「特別養子縁組」がなされている場合だ。

たとえば両親を事故で失った子が親類に引き取られた場合、養子縁組をしない限りは「里親」、「里子」という扱いになる。血縁者が家族同然に接したとしても、法的には親子ではない。

これが普通養子縁組をした場合は、法的に嫡出子と見なされる。養子は推定相続人にもなれるし、実子と比較しても特段不利益はない。戸籍に「養子」と表記される以外は、完全なる親子だ。

特別養子縁組の場合も、普通養子縁組とほぼ同等になる。違いのひとつは、戸籍謄本に「養子」と表記されない点だ。普通養子縁組より親子の絆が深まるだろう。

麦さんが特別養子縁組をされた子であった場合、前述の謎――両親と血のつながりがないのに戸籍に「養子」と記載されていない理由――は解消できる。現状ではこの可能性がもっとも高い。

「けどそう考えると、別の問題に行き当たるんだよね」

特別養子縁組は、児童相談所や民間業者によってあっせんされる。最終的な審議の際に適用されるガイドラインには、子が適切な年齢になったら「真実告知」をするものとされている。

真実告知、すなわち自分たちが生みの親ではないと子に告げることだ。

法ではないので罰則はないが、あらかじめガイドラインに同意しないと養子縁組は許可されない。成長過程の子が親に嘘をつかれていたと知ると、人格形成、ひいては健康状態に多大な影響が出るためだ。

しかし麦さんの両親は、養子縁組の事実を娘に隠している。

僕が知る限り、高津夫妻は誠実な人たちだ。特別な理由もなくモラルに反した行いはしないと思う。

となれば養子という事実のほうが、偽りの可能性が出てくる。

「いまのところ、決定打がないんだよなあ……」

無人の図書館に、僕のぼやきが響いた。

おそらくここまでは、麦さんも調べていると思う。そしてこれ以上は調べようがないので、行き詰まっているはずだ。

現実的に考えれば、麦さんは特別養子縁組をされた子だろう。

麦さんが生まれて二十年もたっている。戸籍にミスがあったなら、両親がとっくに指摘して修正されているはずだ。ＤＮＡ検査における親子鑑定の精度は百パーセントでないと言ったけれど、間違う確率はほんの〇・一パーセントにすぎない。

この辺りの事実を覆《くつがえ》すには、「おなかを痛めて産んだけれども血はつながっていない」という離れ業が必要だ。月子《つきこ》さんが外国で代理母になり、かつ出産した子どもを引き取ったならば可能だろう。しかしそれは定義の問題でしかない。

麦さんが知りたいのは、あくまで両親の心だ。

「やっぱり真相を知るためには、オーナーに直接聞くしかないのかな……」

その際に麦さんが恐れているのは、親子関係にひびが入ることだ。

両親が養子の事実を隠蔽しているのは、娘に知られたくない理由があるのかもしれない。真実を問いただせば、不和が生じる可能性はある。

それともうひとつ。

普通養子縁組の場合、子は養親の嫡出子とみなされる。しかし実親との関係が失われるわけではない。養親、実親の両方に親子関係が存在する。

ところが特別養子縁組の場合は、実親と法的に赤の他人となる。そのため特別養子縁組がなされる場合、特別な同意が必要だ。

「ストレートに言うと、麦さんは生みの親に捨てられた……か」

両親が死亡した、収監された、不本意な妊娠だったと、可能性はさまざまある。しかし親が親権を手放した、放棄させられたという事実は変わらない。

実の親に血縁を解消されたなら、誰だってその理由を知りたいだろう。

しかし知ってしまえば、麦さんも両親もどうしたって傷つく。

だから麦さんは、ずっと悩んでいるのだ。両親に直接問いただすことなく、事実を調べて納得しようとした。しかしそれも限界がきている。

バレンタインにイングリッシュマフィンを食べたとき、麦さんは家族でパーティーをしているみたいで楽しいと言った。パーティーというのは同意するけれど、僕が連想したのは家族ではなく「め組」で鍋をつつくことだ。

麦さんの中心には家族がある。きっと自我より大事な存在だ。それを壊すことなどできないから、麦さんは現状維持を選択してずっと苦しんでいる。誰より謎を解きたいのに、目を閉じて見ない振りをしている。

「でも、無関係な僕ならその謎が解ける」

以前の僕は麦さんに対し、養子なんてたいしたことじゃないと言った。高津親子の愛情は本物だと感じたからだ。

事実を調べて知ったいまは、軽はずみな発言だったと反省している。僕は麦さんの苦しみを、浅いところでしか理解していなかった。

ただあのときの麦さんには、浅くても、軽くても、僕の励ましがありがたかったのだと思う。無責任でも、無遠慮でも、麦さんは僕の言葉で自分の「中心」を広げられそうだと感じてくれた。自分は変われると考えてくれた。

だから僕は、いまも友人として厚遇されているのだろう。バレンタインにチョコ以上のものでもてなされたりして。

「なのに、ああ……！　最近のぎくしゃく感ときたら……！」

どうにも思考が利己的になってきた。もう昼食の時間だし、「め組」に顔を出して脳をリフレッシュさせよう。

よしと資料を片づけ始めたところで、スマホの画面が光った。

「麦さん……？」

通知画面にラインの着信が表示されている。ここのところ一緒に謎解きもしていなかったので、文字でのやりとりはずいぶん久しぶりだ。

だからというわけではないけれど、なんとなく胸がざわつく。

「今朝もなにか言いそびれていたし、いよいよ最後通告とか……」

存分にあり得る話だ。背筋に冷たいものが流れる。

「かといって、無視するわけにもいかないし……よし」

そうすることで精神的ダメージを軽減できるかのように、僕は目一杯に腕を伸ばしてスマホを操作した。覚悟を決めて薄目でトーク画面を確認する。

『今晩両親がいないんです。よければうちで夕食を召し上がりませんか？』

ああよかった。春を前に桜が散ることは回避できた。よかったよかった。

「――って、よすぎる！　想定外によすぎる！」

一大事が記されたスマホを握りしめ、僕は部室へ猛ダッシュした。


「蜜柑崎、恋愛は距離感だ。ＣＥＯはみんなそう言う」

こたつの上に両肘をつき、ニガリが仏頂面で言った。

春休みだというのに、部室には「め組」の面々がそろっている。この調子だと、僕らは就職してからもこっそり入り浸りそうだ。

「距離感？　それだったら、僕と麦さんはかなり近いと思うけど」

「どうかな。たとえばこの事例をアナライズしてみろ」

ニガリがスマホを貸してくれた。インスタグラムが起動している。

「これってニガリのアカウント？　ええとなになに……『起業／学生団体／ベンチャ

ー／英語／豆腐／おばあちゃん子』……すごくニガリだ」

「見るべきはｂｉｏ欄じゃない。投稿だ」

「『いいね』が一件。これ難波《なんば》さんの『いいね』？　愛されてるなあ」

「そこじゃない！　画像を見ろ！」

はいはいと笑いながら画面を見る。画像には多摩川《たまがわ》土手で等間隔に座る男女が映っていた。僕がいつも電車から見下ろし、くっと目をそらす光景だ。

「中央のふたりはカップルだと思うか？」

見たくないなあと思いつつ、画像を拡大表示する。ほとんど体を密着させて座った男女が、顔を向きあわせ手まで握っていた。

「言うまでもなくカップルだよ。こんなにくっついてるんだから」

「甘い！　肌感覚ではばあちゃんが作る卵焼きより甘い！」

おばあちゃん子が意識高く吠《ほ》える。

「顔を見てみろ。向きあってフィジカルコンタクトをはかっているのに、互いの目線がインタラクティブじゃない。どちらかに好意がない証左だ」

「おお……さすが彼女がいる男は違うな。ニガリは視線あいまくりなのか？」

「……当たり前だろ」

ニガリが下を向いて答えた。僕とイエモンはふきだしそうな口を押さえる。

「つまりラブ・メンターとして言うとだ。親が留守の家に呼ばれたとしても、それは恋愛関係の進展とは見なされないということだ！」

多分に主観が入っているけれど、ニガリの指摘はうなずけた。ふたりの物理的な距離が、心のそれと同じとは限らない。

「そうかなー？　さすがに麦ちゃんも意識してるんじゃないの？　うぶそうに見えても大人だしねー」

イエモンの反論もまた道理だ。だからこそ頬が熱を持つ。

「でも僕らはつきあっているわけじゃない。それに最近はきちんと話せてもない。そんなタイミングでひとりの夕食になることがわかったから、麦さんはちょうどいい機会だと思ったんじゃないかな」

さびしい晩餐《ばんさん》も避けられるし、膝をつきあわせて話すこともできる。たぶんそういうことだと思う。思うけれど。

「だったら一緒に外で食べようってなるんじゃない？　それをわざわざ家に招くってことは、なにかしらの進展を求めてるって」

恋人関係を拒絶されているのだから、その手のことはあり得ない。けれどイエモンの言う通り、ふたりきりで会おうとすることには意味がある気もする。

「本末転倒である」

ずっと沈黙していた丼谷《どんぶりだに》が、目を開けて言い放った。

「なるほど。丼谷はこう言いたいんだな。蜜柑崎。おまえは麦さんにカミングアウトしたら、それで顧客のニーズが満たされると思っているのかと」

「どういう意味だ」

「通訳しよっか？　そもそも蜜柑崎は、なんで麦ちゃんにコクったわけ？」

それは衝動的にというか、想いがあふれてしまったからだ。しかしイエモンが聞きたいのはそういうことではないだろう。

「……麦さんは、わけあって人前で笑わないようにしてたんだ。でも偶然に笑顔を見たとき、僕はずっとこの人を笑わせてあげたいと思ったんだよ」

「ベタだなー。でも蜜柑崎らしいよ」

「ああ。愚直でいいリプライだ」

ニガリとイエモンが「いいね！」と指でハートマークを作る。

けれど我らが賢人の意見は違った。

「甘い見通しである」

どういう意味かと言葉を待ったが、丼谷から続きはない。ニガリもイエモンも判断できないらしく、そろって首をひねっている。

「ところでだ。俺はホワイトデーのプレゼントに関して、めぐメンのセカンドオピニオンがほしい」

ニガリが話題を変えたけれど、僕は丼谷が言ったことを反芻していた。

見通しが甘いとは、目先のことしか考えていないという意味だろうか。

麦さんの家で食事をすることの先に、いったいなにを見ればいいのだろうか。

2

「いるし！」

夕方にブーランジェリーMUGIに着いた僕の、第一声がそれだった。

「安心していいわよ。いまから出かけるところだから」

売り場を片づけながら月子さんが笑う。高津夫妻はこれから仕事関係のパーティーに出かけるらしい。ふたりともドレスにスーツ姿だ。

「蜜柑崎くん、わかってるね？　私はきみを信用しているよ」

オーナーがみなまで言わずにすごみを効かす。両親が留守という言葉につられたわけではないけれど、まさか親公認だとは思わなかった。

「わ、わかってます。たぶん」

「たぶん？」

「絶対。絶対です」

それでも納得しないのか、オーナーは不審そうに僕を見ている。

「ごめんなさいね、蜜柑崎くん。麦がわがまま言って」

月子さんが耳元に口を寄せてきた。

「あたしはね、いつかこういう日がくるってずっと思ってたわ。娘があたしたちの手から離れて大人になる日がね」

「あの、月子さん……？」

「初めて蜜柑崎くんを見たときに感じたの。ああきっとこの人だって。だから蜜柑崎くん、麦をよろしくね。あたしは覚悟できてるから」

じゃあねと、月子さんはオーナーの腕を取って出かけていった。

いまのはどう解釈すべきだろうか。イエモン的な文脈にも思えるけれど、月子さんの目は決意を感じさせた。僕だけがなにかを見通せていない気がする。

「では参りましょう」

麦さんがいつもの無表情で店の戸締まりをして、淡々と外階段を上っていく。

「蜜柑崎さん、嫌いな食べものはありますか？」

「な、ないです。全然ないであります」

「なんで敬語なんですか？」

むしろ麦さんは、なぜ緊張のかけらもないのか。

「どうぞ。ものすごく狭いですけど」

お邪魔しますと靴をそろえる。玄関を上がるとすぐにL字型のソファとこたつが置かれたリビングがあった。その脇にはカウンターキッチン。

奥の廊下にはドアがふたつある。夫妻の寝室と麦さんの部屋だろうか。

「す、素敵なおうちだね。幸せ家族って感じで」

我ながら部屋レポ能力の低さに落ちこむ。でもリビングのいたるところに家族の写真が飾ってある家は、アットホームとしか言いようがない。

「すぐに支度しますので、蜜柑崎さんはテレビでも見ていてください」

ひよこのキャラクターが描かれたかわいいエプロンを身につけ、麦さんがキッチンに立つ。慣れている感じだ。やっぱり普段から家事をするのだろう。

「僕も手伝うよ。料理はあまり得意じゃないけど」

「では、冷凍庫から干物を出してもらえますか」

「干物？」

「アジを二枚。解凍せずそのまま魚焼きグリルで焼いてください」

謎解きのときと同じく、ベテラン刑事のような的確な指示。

にしてもアジの干物とはなかなか渋いメニューだ。ちょっと予想外。

さてと魚焼きグリルに点火する。すると麦さんがまな板の前から上半身だけを伸ばして、僕の眼下で鍋に味噌《みそ》を溶いた。返す刀でキッチンペーパーを手に取り、わっしゃわっしゃと洗った野菜の水気を取る。

「手際いいね。やっぱり料理は得意？」

「基準によります。うちは両親が食に関わっているので」

「じゃあ月子さんと一緒に作ったりするんだ？」

「父も作りますよ。我が家は三人同時にキッチンに立ちます」

さすがに冗談だと思ったけれど、高津家の仲のよさならあり得る。

混みあうキッチンを思い浮かべていると、あっという間に料理は完成した。

「……って、早い！　早すぎる！　いまの何分クッキング？」

「手間をかけてませんから。残り物ばかりです」

テーブルの上にはアジの干物、生野菜のサラダ、油揚げとタマネギの味噌汁《みそしる》にビーフシチューが並んでいる。シチューは昨夜の夕食をあたため直したようだ。

「とんでもない。すごいごちそうだよ。普段はコンビニ飯ばかりだから、こういうの食べたかったんだ」

パンにこだわる麦さんだから、手のこんだパスタなんかを想像していた。でもこういう家庭的な料理もいい。和洋折衷スタイルに実家の母を思いだす。

「ではちゃちゃっと食べましょう。もたもたしていると両親が帰ってきます」

なにをそんなに急いでいるのか、なんて聞けるわけがない。

麦さんはいつも通り淡々と、僕は緊張しながら黙々と食事を終えた。味はおいしかった気がするけれど、自分がどんな感想を言ったのか覚えていない。

「蜜柑崎さん、ワインはお好きですか？」

「あ、うん。飲まなくはないけど。麦さんって飲むの？」

「修業の一環で。ではわたしの部屋で飲みましょうか」

ワインボトルとグラスをお盆に載せ、麦さんがリビングの奥へ向かう。

僕はしばらくその場に立ちつくしていた。軽く深呼吸し、手のひらの汗をジーンズで拭い、冷静でいようとコップを拝借し、水をたっぷり注ぐ。

「どうぞ」

案内されて入った麦さんの部屋は、僕の下宿とはまるで違っていた。ピンクのカーテン。アロマ的ななにか。ハートの形をしたクッション。両親と一緒に写っている写真立てや、こちらを見つめるハリネズミ――。

「おお、フォカッチャ……！」

心細い旅先で旧友に会ったかのように、僕はフォカッチャをケージから出して抱擁した。だいぶ針が硬いけれど、いまはこの痛みがありがたい。

「蜜柑崎さん、本当にフォカッチャと仲よくなりましたね」

「うん。悩みを聞いてもらったりしたからかな」

麦さんがくれたクッションに座り、脚の間に友人を置く。僕を見上げる、いや、見張ってくれる三角の目が頼もしい。でないと僕はつぶさに部屋を観察し、「あんまりじろじろ見ないでください」と麦さんに注意されるのがオチだ。

「では乾杯」

渡されたグラスをカチンとあわせる。口をつける程度にしておいたけれど、飲みやすくておいしいワインだ。

「それでは、昔の写真をご覧になりますか？」

「ん？　フォカッチャの？」

「わたしのですが……」

「見ます！　見たいです！」

麦さんがクローゼットの扉を開けた。ハンガーに服がかかっているだけなのに、直視できずに目をそらす。

それにしても唐突にアルバムなんて、女性はそういうものなんだろうか。男は友人が家にきても、見せるのはせいぜい卒業アルバムで自分の写真じゃない。

「あまり量はありませんね。写真で残してあるのは、わたしが高校生になるくらいまでです」

以降はデジカメで撮ってデータを保存しているんだろう。きちんと台紙に写真を貼りつけたアルバムはもう少なくなっているのかもしれない。金髪少女時代が見られないのは甚《はなは》だ残念だ。

「おお……オーナーが細い」

最初のページをめくると、若かりしオーナーが幼児を抱いて笑っていた。写真の脇にはおそらく月子さんの文字で、「麦　一歳」と書かれている。

「少し飛ばしましょうか。この頃は代わり映えのない写真が続くので」

麦さんがページをまとめてめくると、小学生時代に突入した。高津夫妻がランドセルを背負った娘と一緒に、小学校の前で写っている。

「かわいい……麦さんかわいい……」

「自分でもそう思います。この頃のわたしはかわいかったんですよ」

先を見るのが怖いなあと感じつつ、それでも楽しくページをめくる。

「この男の子、よく一緒に写ってるね。仲よかったの？」

小学生に嫉妬するわけじゃないけれど、ほとんどの写真にいるので気になった。いまさら幼馴染《おさななじ》みのライバルが現れても困る。

「その子、宇佐《うさ》ちゃんですよ。五、六年生の頃は男の子っぽく振る舞ってました」

「うわ……意外。筑紫野《つくしの》さんこんな感じだったんだ」

やんちゃというより小生意気。世拗《よす》ねたようにカメラをにらむ少年が、まさかあの腹黒女子大生だとは。

「おお……成長してもかわいい……けど……」

さらにページをめくると中学時代に突入した。顔立ちは変わらず可憐《かれん》ながら、すでに無表情の片鱗《へんりん》がある。というか怒っているときのフォカッチャ似だ。

「この頃は、『近づくと危ないですよ』オーラを出してました」

麦さんと筑紫野さんがケンカをしたのは中学生のときだ。仲直りはしたものの、それをきっかけに麦さんは人を遠ざけるようになったと聞いている。思春期特有の極端な考えかたで、自分はみんなを傷つけると思いこんだのだ。

「まあ僕と出会った頃も少し見えたよ。近づくなオーラ」

「……いまはどうですか？」

怒るとときどき出るけれど、それはまあ一般のレベルだ。

「最近は優しいおねえさんの雰囲気かな。お店で接客中のときとか」

「うれしいです。蜜柑崎さんのおかげですね」

「だったら光栄だけど、僕に影響力なんてないよ」

「少し、話をしましょう」

麦さんが膝を崩してベッドに背中をあずけた。普段は目にしない姿を見て、心臓がどきんと大きく一度鳴る。

「ど、どんな話を？」

「わたしのことか、蜜柑崎さんのこと。もしくはふたりのことです」

麦さんは心持ち顔を上げてワインを飲んだ。白い喉元が見えるたび、僕は意識してフォカッチャに触れる。

「む、麦さんのことって言えば、女の子の部屋って、男と全然違うね」

「どう違いますか？」

「うーん……かわいいというか、片づいてる」

「それは片づけますよ。蜜柑崎さんがくるんですから」

避けたつもりの話題が戻ってきた。麦さんがまたワインを飲む。

僕はどうすべきなのか。いまどんな状況なのか。なにもわからない。

せめて意識だけでもはっきりさせようと、こっそりコップの水を飲む。

「蜜柑崎さんの部屋は、おもちゃであふれていそうなイメージです」

「正解だよ。あ、おもちゃと言えば」

いいタイミングで思いだした。リュックを漁《あさ》って包装された箱を取りだす。

「はい。ホワイトデーのお返し」

「ホワイト……ああ、今日は三月十四日ですね。完全に失念していました」

実は僕も忘れるところだった。まったく縁のない記念日なので、昼間にニガリが話題にしなければどうなっていたか。

「本当にあるんですね、ホワイトデーって。でもいいんですか？　わたしはお店の余りものだったのに」

「それでも僕はうれしかったから。よかったら開けてみて」

ではと、箱を開ける麦さんの目はきらきらしていた。わくわくしているのならいいけれど、ハイピッチなお酒で目が潤んでいる気もする。

「あの、蜜柑崎さん」

「なに？」

「わたし、すごくうれしいです」

「まだ中も見てないのに？」

「うれしいです。うれしいんです……」

麦さんが涙ぐんでいる。慌ててティッシュの箱を差しだした。

「……すみません。まさか泣いてしまうとは」

「わかるよ。思いがけずに祝ってもらうとうれしいもんね。僕もイングリッシュマフィンでもてなしてもらったとき、すごく感動したよ」

とはいえ、こんなに喜んでもらえるとは思っていなかった。それゆえ逆に不安になる。中を見た途端に真顔に戻られたらどうしよう。

麦さんが鼻をすすりながら箱を開けた。

ワインで少し赤くなった無表情が、僕のプレゼントをしげしげと見つめる。

そうして徐々に、困惑の様相を呈した。

「これ……なんですか？」

昼間に「め組」で議論したところ、お返しにジュエリーやアクセサリーを贈るのはまだ早いという結論に達した。「ノーマネーだろ」、「逆にひかれるって」、「分不相応である」と。

かといって、既製品のクッキーなどではこちらの想いが通じない気もする。とはいえ自作の詩や曲などを送ったら、未来永劫《えいごう》ネタにされてしまうだろう。主に筑紫野さん辺りに。

そんなことを考えた結果、僕はシンプルに自分が好きなものを贈ることにした。

「これは『ニュートンのゆりかご』。こうやって遊ぶおもちゃだよ」

大きさは文庫本を縦に十冊積み上げた程度。ホチキス針型の二本の棒の間には、テグスで吊《つ》られた鉄球が五つぶら下がっている。

僕は右端の鉄球をつまんで持ち上げ、一定の高さで指を離した。

カチッと鉄球がふたつ目に当たる。

するとその振動が伝わって、一番遠い五つ目の鉄球が跳ね上がった。

「これ……エネルギー保存の法則、でしたっけ？」

「うん。子どもの頃に初めて見たとき、真ん中の玉三つが動かないのが予想外で面白かったんだ。基本的に眺めるだけのおもちゃだから、フォカッチャも一緒に楽しめると思って」

僕たちがしゃべっている間も、鉄球は間に三つの玉を挟んでカチカチとメトロノームのように音を刻んでいる。

僕と麦さんの出会いは電車の中だ。ふたりきりの車内で隣りあって座っていた麦さんは、一度席を立って移動したものの、また僕の隣に戻ってきた。最初に席を立たれたときに、僕がこの世の終わりのような顔をしていたからだ。

そんなことを思い返していて、僕は「ニュートンのゆりかご」を連想した。どちらも理屈がわかれば納得するけれど、初めてだと挙動の意外性に驚く。

「なんか……見入っちゃいますね。ドラム式の洗濯機みたいに」

麦さんの目が鉄球を追いかけて左右に動く。

フォカッチャも僕の膝の上で首を振って忙しい。

自分のいないところでもこの光景がくり返される。それを想像すると、あげたこっちも楽しい気分になった。

「とてもいいものをいただきました。ありがとうございます」

「あんまりホワイトデーっぽくなくてごめんね」

「だから……うれしいんじゃないですか」

麦さんの頬がいよいよ赤い。酔いが回ってきたようだ。

「でも、厳密には三倍返しじゃないし」

「厳密に三倍返しなら、三食イングリッシュマフィンでパーティーですね。それはそれで楽しそうなので、今度やりましょう」

こくこくと喉が鳴り、麦さんのグラスからワインが減っていく。泥酔まではいかないけれど、さすがにシラフとは言い難い。なにかが起こりそうな予感がする。

「ところで、わたしは蜜柑崎さんのことが好きです。あっ……」

早速、起こった。

不意打ちの告白に固まる僕。

明らかに「しまった」という顔をしている麦さん。

カチカチと鳴るニュートンのゆりかご。

僕と麦さんの間で首を振るフォカッチャ。

「すみません。気がたかぶって順序を間違えました。いまのは聞かなかったことにしてください。いいですね？」

「わ、わかりました。忘れます」

　無理に決まっているけれど、据わった目つきに僕はひるんだ。

　麦さんが残りのワインをひと息で飲む。僕も大きく息を呑《の》む。

「そもそも蜜柑崎さんは、わたしなんぞのどこがいいんですか」

「なんぞって……麦さん酔っ払ってるよね？」

「いいから答えてください。ぼちぼち人からほめられる髪がお好みですか？　パン屋の娘に思い入れでも？」

　僕を追及する目が赤い。明らかに酔っているけれど、さっきの口ぶりからすると思いつきで言っているわけではなさそうだ。

　今日家に招かれたのは、麦さんなりに最近の微妙な空気を改善しようとしてくれたのかもしれない。となれば恥ずかしくても答えるべきだろう。

「その……全部ではだめかな？」

「答えてないに等しいです」

「でも全部なんだよ。最初はちょっと変な子だと思ったよ？　ただ一緒にすごして考え方がわかってくると、全部が自分になじむというか」

「なじむぅ？」

片眉だけ思い切り上げ、麦さんが下からのぞきこんでくる。

「その、意見があうわけじゃないんだけど、気持ちが理解できるというか」

「気持ちぃ？」

「ええと……自分のことと同じように考えられるから、悩んでいる麦さんを支えたいと思ってしまうというか」

「それは同情です。男性はか弱い女性を好むので、わたしでなくても成立します」

「そうかもしれないけど、僕の前には麦さんがいた」

「そんな『誰でもいい』なんて言う人を、信用することはできません」

怒っているらしい。麦さんの代わりにフォカッチャが頰を膨らせていた。

「じゃあ麦さんは誰なら信用できるの」

「家族と友人です」

「僕だって友人のはずだけど」

「でも恋人になりたがっています。だから困ってるんじゃないですか」

この話は以前にもしている。恋人は友人と違って、ささいなことで別れてしまうというのが麦さんの考えかただ。もう一度気持ちを伝えるにしても、切り口は変えるべきだろう。

「麦さんは、家族のことは信用できるの？」

「もちろんです」

「だったらご両親に聞けるはずじゃない？　『自分は養子なのか』って」

「それは……」

唇を嚙む麦さんのもとへ、フォカッチャがしたたと飛んでいく。

「ひどい言いかたをしてごめん。でも家族でも、家族でなくても、麦さんを見守ってくれている人のことは、きちんと信用してあげてください。あ、いや、それだと僕も含まれちゃうけど、そこはひとまず置いておいて……」

図書館でもずっと考えていた。結局のところ、出生の謎を解く鍵は麦さんが変われるかどうかだ。それだけはもう一度伝えたい。

「わたしも、蜜柑崎さんに恋をしています」

「うん、ありがとう。麦さん、ちょっと飲みすぎかも」

水ばかり飲んでいたおかげで僕は冷静だ。酔っ払いのたわごとを真に受けてはいけないことも知っている。

「わたしはシラフです。宇佐ちゃんや連太郎《れんたろう》くんを好きなのとは違うんですよ？　蜜柑崎さんの、誠意を伝えようとすると言葉が丁寧になるところとか、人に無理強いしないところとか、でもきちんと自分を持っていて、時間をかけて優しく伝えてくれるところが好きなんです。だから、ずっと一緒にいたいんです。ずっと……」

　これにはグッときたけれど、いまの麦さんは平常心じゃない。たぶん。

「僕はそんなにいい人じゃないよ。嫉妬深いしケチだし」

「そうやってすぐに自虐するところは嫌いです」

「はいはい。まあ僕は麦さんの嫌いなところなんてないけどね」

「言いましたね？」

「まだ秘密があるの？　どんとこい」

　麦さんがまたワインを飲もうとしたので、素早く水のグラスに差し替えた。

「わたしは、蜜柑崎さんを利用しています」

「違うよ。僕が麦さんの役に立ちたいんだ」

「では、今夜わたしが部屋へ招いた理由がわかりますか？」

　もちろんわかる。

「僕にアルバムを見せたかったんでしょ？」

　麦さんが手早く夕食を済ませたのは、両親が帰ってくる前にやりたいことがあったからだろう。そして麦さんが親に知られたくないことと言えば、自分が出生の謎を解き明かそうとしている行動全般だ。家族と写っているアルバムを僕に見せれば、高津夫妻はきっと気が気でない。

「……さすがですね。ではそこに、『謎』があることは気づきましたか？」

問題はそこだ。謎があるとは気づけたけれど、それがなにかはわからない。

麦さんは、僕に気づいてほしくてアルバムを見せた。それならこの謎が解けない限り、いくら気持ちを伝えても響かない。

僕はフォカッチャに視線を送った。ここのところ頼ってばかりだけど、もうちょっとだけ助けてくれと慈悲を請う。

「フシュ！」

フォカッチャは僕に一瞥《いちべつ》をくれて鳴くと、アルバムのそばへ近づいた。そうして閉じたアルバムに前足をかけ、みょいんと体を伸ばす。

あれはなにを意味しているのだろうか？

いや、そもそもフォカッチャの行動に意味なんてない。僕が無意識で考えていることを、フォカッチャの所作に紐《ひも》づけているだけだ。考えるのは僕だ。

しかしなにも思い浮かばない。もう一度アルバムを確認しようとしたら、フォカッチャがぐでんと寝そべって邪魔をする。これでは最初のページがめくれない。

「あ、フォカッチャ」

「なんですか？」

麦さんが顔をのぞきこんでくる。酔っているせいか仕草が子どもっぽい。

「あのアルバムには、写真が足りないんだ」

「そうですね。高校生からはデジカメで撮ってますので」

見る前にもそう聞いたけれど、あれはミスリードだったのかもしれない。

「違うよ。足りないのは麦さんが赤ん坊の頃の写真だ」

「そうですか？　呆れるくらいにたくさんありましたけど。ほとんど代わり映えしないのが数ページも」

「それよりも前だよ。つまり麦さんが生まれてすぐの写真がないんだ」

なにしろ最初のページが「麦　一歳」だ。アルバムにありがちな生まれた直後、つまりゼロ歳時の写真や出生体重の表記がない。

「つまり麦さんは、約一歳のときにこの家にやってきたんだ。特別養子縁組には試験養育期間があるから、遅くとも一歳六ヶ月くらいだと思う」

「蜜柑崎さん、養子縁組について調べたんですか？」

「うん。前に約束したからね。真相を探る手伝いをするって」

「……今夜はもう泣きたくないんですけど」

「ごめん。まだあるんだ。これはブーランジェリーMUGIの登記事項証明書なんだけど、ブーランジェリーTAKATSUから社名変更された時期を見ると、やっぱり麦さんが一歳の頃だね」

リュックの中から、法務局で申請した用紙を取りだす。

「オーナーの言葉から推測して裏を取ったんだけど、アルバムを見た感じだと時期は確実だと思う。いまからちょうど二十年前。この時期に、麦さんの実親は親権を放棄したみたいだね」

「盲点でした……MUGIはわたしの名前から取ったとは聞いてましたけど、養子に迎えてすぐにとは……」

「でも時期が確定できただけで、これ以上は手がかりがないんだ。おそらく乳児院からのあっせん所経由だと思うんだけど。個人情報は完璧に保護されているから、ちょっと調べられないと思う」

麦さんがうなずいた。やはりここで行き詰まっているんだろう。

ただ僕には、ひとつだけ思い当たることがあった。

「だから麦さんにお願いが――」

「蜜柑崎さんにお願いが――」

ふたりで同時にしゃべり、お互いがどうぞどうぞと相手へうながす。以前にもこんなことがあった。僕が想いを伝えた日のことだ。

「ではホワイトデーなので、蜜柑崎さんからどうぞ」

「その理屈はおかしいけど……まあいいか。二十年前の高津家に詳しい人に、僕がそれとなく話を聞いてみてもいいかな？」

その人は僕の髪を切りながら、高津家とは長いつきあいだと言っていた。

「それが陽子さんのことなら、わたしが言おうとしたのも同じです。今日は蜜柑崎さんに、それをお願いしたくて家へお招きしました」

表情はいつもと同じ寝起きだけれど、麦さんの目は怯えているように見えた。自分が責められると思っているのかもしれない。

「ならなんの問題もないね。ほとんど親戚みたいな麦さんには無理だろうけど、無関係な僕は適役だよ」

「蜜柑崎さんは、なぜここまでわたしに優しいんですか？」

「好きだからって言ってるじゃない。ちなみに僕はほとんど飲んでないよ」

「でも……わたしは蜜柑崎さんになにもしてあげられません」

「じゃあ僕とつきあってください」

「それは無理です。両親と同じくらい大好きですけど」

「いける流れだと思ったのに」

ふたりでくすくすと笑う。久しぶりに麦さんとすごす楽しい時間だ。

「麦さんのその考えかた、変わることはないのかな？」

「ないですね。わたしは蜜柑崎さんを失いたくありませんから」

まあずっとそばにいられるなら、それでもいいのかもしれない。ちょっとは多摩川土手で等間隔に並びたくもあったけど。

「麦さんは、いつから僕のことを好きになってくれたの？　バレンタインのときにはすでにやきもちを焼かれていた気がするけど」

「内緒です」

「僕は言ったのに」

「じゃあ、今日ますます好きになりました、とだけ」

フォカッチャはさっきから耳の後ろをかきっぱなしだ。気持ちはわかる。

「なのに僕は春にフラれるのか」

「それは受け取りかた次第です」

「どういう意味？」

「蜜柑崎さん、あんぱんはお好きですか？」

「食べ物でごまかされている」

「春には桜の花の塩漬けを入れた、昔ながらのあんぱんを作るんです。お花見をしながら、桜餅の代わりに食べるんですよ」

それはとてもおいしそうだと喉が鳴る。すると麦さんが『よく寝て起きた女神』の顔で微笑んだ。そして――。

「……寝た。まああれだけ飲めばね」

しばらく邪気のない寝顔を眺めていて、僕は初めて真実を知る。

「ペットと飼い主って、同じ姿勢で寝るんだね……」

3

九州で桜の開花が宣言された。

早春の午後はうららかに暖かい。この調子なら一週間もしないうちに、望口《のぞみくち》でも枝垂れ桜が咲き始めるだろう。

そういえばこの人も花見にくるのかと、美容院の前で立ち止まった。

麦さんの出生について調べるには、高津家の昔を知る人に尋ねるしかない。そんなわけで、僕は高津一家と二十年来の交流がある安陽子友秋《あびしともあき》さん——通称陽子さんが営む、美容院「YOKO」にやってきた。

前回は気がつかなかったけれど、店は前面道路から入り口に至るまで、段差というものがまるでない。自動ドアもボタンを押したら開きっぱなしになるタイプで、バリアフリーが徹底されている。

サイトを確認したところ、YOKOは完全予約制だった。お客さんの多くが車椅子利用者で、近くにある総合病院に通う患者さんらしい。陽子さん自身が車椅子の美容師でもある。

予約のカレンダーフォームは数週間先まで、「×」と「△」ばかりだった。ひとりでは接客数が限られるのだろうけれど、人気もかなり高いらしい。僕は麦さんの友人ということで、特別に融通をきかせてくれたようだ。

陽子さんは年齢不詳だけれど、サイトの記述によるとYOKOの開業はいまから七年ほど前になる。ブーランジェリーMUGIと同じで自宅も兼ねているものの、陽子さんがそれ以前からここに住んでいたかは不明だ。

今日はその辺りのことから聞き始め、最終的には麦さんの過去の情報を得たい。

「いらっしゃい、蜜柑崎くん」

自動ドアを入ると、車椅子の陽子さんが出迎えてくれた。

その微笑みは今日も王子様のようで、思わずひざまずいてしまいそうになる。

「こんにちは陽子さん。今日は僕だけですみません」

「なーに？　含みのある言いかたしちゃって。別に麦がいなくても、あたしはすねたりしないわよ」

うふっと送られてくる流し目。しかしその瞳の奥には、うっすらと冷たい感情が見える。言葉ほどには歓迎されていない印象だ。

「まあ今日の夜には会うみたいですしね」

今夜はオリーブの嫁入りなのだ。フォカッチャのお見合いがうまくいったので、今日からオリーブは正式に高津家の一員となる。

「それもあるけどね。あたしは蜜柑崎くんと話したかったの」

「僕と？」

「そ。ふたりきりでね。さ、座って座って」

はてと不思議に思いつつ、カットチェアに腰かけた。

「でもあれね。どっちかって言うと、蜜柑崎くんのほうがあたしに聞きたいことがあるって顔してるわ」

鋭い。というか僕はなんでも顔に出すぎだ。うまくごまかさないと。

「それはその、変わったお店なので、ちょっと興味があるというか」

「あら、あたしのことなの？　麦のことじゃなくて？」

さすがにどきんと胸が鳴った。鏡の中で僕が目を見開いている。

「ふふ。やっぱり麦のことじゃない。いいわよ。一時期麦が不良だったときの話とか面白いから」

そっち系かとほっとした。しかし警戒はすべきだろう。とかく繊細な内容だし、切り出すタイミングを間違えないようにしないと。

「金髪のことでしたら、高津オーナーに聞きましたよ……ひぃ」

霧吹きの水が耳にかかった。陽子さんが肩を震わせ笑っている。

「ごめんなさい。やっぱりあの出来事は、高津さんにもショックだったんだと思うと笑っちゃって。ふふっ」

「麦さんって、やっぱり優等生だったんですか？」

「成績はよかったわよ。だから急に『金髪にしたい』って言われたときは、すごく驚いたわ。あたしから高津さんに電話したくらいだもの。『麦はこう言ってるけど大丈夫？』って」

「大丈夫じゃなかったでしょうね」

懊悩《おうのう》するオーナーの顔が目に浮かぶ。

「まあね。でも結局は染めたの。落としどころが見つかったのよね」

鏡の中で陽子さんがたくらみ顔になった。

「蜜柑崎くん。当時の写真――」

「あるんですか！」

僕の食いつきに爆笑しながら、陽子さんが車椅子で移動する。

「見つけたわよ。確か麦はこの辺に……」

ファイルのようなものを持って戻ってくると、陽子さんが膝の上でぱらぱらとめくった。カットモデルをいろんな角度から撮影したものらしい。

「いたいた。いま見てもお人形さんね。麦かわいすぎるわ」

「陽子さん、僕にも見せて……」

「切なそうな顔しちゃって。はいどうぞ」

手渡されたファイルの中に、ほとんどいまと変わらない麦さんがいる。

けれどその髪は金色に輝いていた。といっても、周囲を威嚇するようなヤンキー風味の色じゃない。ほとんど銀髪に近いようなプラチナブロンドのストレートで、陽子さんが言ったようにイメージはフランス人形だった。

「麦は周囲に壁を作りたくて髪を染めたらしいの。でも余計に目立って女の子にモテちゃってね。おかげですぐに元の色に戻したってわけ」

なんというかわいらしい失敗。胸の奥がきゅんきゅんする。

「陽子さん、この写真もらっていいですか」

「だーめ。あたしが麦に怒られるわ」

「……」

「もう！　写真はあげられないけど、スマホで撮っていいわよ。だからこの世の終わりみたいな顔しないで」

お許しが出たのでパシャパシャと撮影する。別に目的を忘れたわけではない。これはあくまで、自然な流れで麦さんの過去を探るための演出だ。本当に。

「麦さんは、高校生の頃から陽子さんに切ってもらってたんですね。ここでお店を始めて長いんですか」

「もう七年になるかしら。あたしも老けるわけよね」

「それまではなにをされてたんですか？」

「美容院で働いてたわよ。もう閉店したけれど、ここと同じで車椅子でも来店しやすいコンセプトのお店。だからこんな体でも雇ってもらえたのよね」

髪をちゃきちゃきと切りながら、陽子さんはときどき僕の顔を見ているようだ。

その目つきがいやに鋭い。全体のバランスを見ているからか。それとも……怪しまれているのか。

「陽子さんって、地元の人なんですか」

「なんだかインタビューみたいね。あらかじめ質問が用意されてるの？」

ちょっと一気に踏みこみすぎたか。いったんブレーキをかけよう。

「や、やだなあ、そんなことないですよ。ただの世間話です」

「蜜柑崎くん。あたしはね、まどろっこしいって言ってるの」

ふいに陽子さんの顔つきが変わった。

口元に笑みこそ浮かべているけれど、その手に持ったハサミを、いまにも僕の首に突き立てそうな気配がある。

「あの、陽子さん。おっしゃってる意味がよくわかりませんが……」

「初めて会ったときにピンときたの。この子はすべてを終わらせにきたんだって。蜜柑崎くん、もうあらかた調べてきたんでしょう?」

両肩にずんと重みを感じた。背後に回った陽子さんの顔が見えない。

やにわに恐怖の感情がわいてきた。激しく嫌な予感がする。

「いつかこういう日がくると思ってたわ」

耳元で聞こえる声がひどく冷たい。押さえつけられた体が動かない。

ふと、初めて髪を切ってもらった日のことを思いだした。

あのときの陽子さんは、ときどき僕に敵意のような視線を送ってきた。

今日だって、瞳の奥に不穏な感情が見えた――。

「そう。あたしよ」

見えない背後で、陽子さんの声が冷たく響いた。

「麦の母親は、あたしが殺したのよ」

Hedgehogs' bench time -三月-
ハリネズミの距離感、熱海川沙希間

おお、オリーブ。
その黒き瞳。
白き体。
あずき色をした愛《いと》しき鼻先。
遠きにおいては秋の麦穂のように柔らかなハリ。
しかしひとたび吾輩が近づけば、荒れ狂う潮のごとくに逆立ち牙をむく。
おお、オリーブ。
それでも吾輩は、きみに会いたいのだ。

『恋は人を詩人にする。ハリネズミもまたしかり』
って。
よき友のハトが言ってた。
ハトは渡りの小説家。
でもときどきアルバイトで、伝書鳩《でんしょばと》もしている。
ぼくが頼むと、ハトは快く代筆を引き受けてくれた。

ハトは文章のプロだから、きっと素敵な恋文を届けてくれただろう。
自分が恋をするなんて思いもしなかった。
でも恋とはそういうものだとハトも言っていた。
オリーブとはヨーコの店で五回会った。
最初はケージのまま。
次はケージを出て。
ぼくが近づくとオリーブは逃げた。
でもすぐに立ち止まって振り向いた。
最初は一メートル。
三回目は十五センチ。
ぼくたちの距離感は変わった。
最後には触れあえる距離。
オリーブはムギにも慣れてくれた。
だからぼくたちは、今日家族になる。
互いにあやまちを許す。
支えて、支えられる。

子をもうけて、一生を添い遂げる。
そんな誓いを、さっき店の庭にきたハトに聞かせた。
早くオリーブに会いたくてしかたがない。
でも会えるのは夜だ。
だからぼくは、こうしてレジの隅でそわそわ待っている。
「絶対ふたりで、わたしの悪口で盛り上がってる」
ムギはスマホを見てぷんすかしていた。
ミカンザキから連絡がくるはずなのにこないって。
確かに変かも。
ミカンザキがムギと約束を守らないなんて。
ミカンザキはいま、ヨーコの店にいる。
楽しくおしゃべりしてる？
それとも別のこと？
なんかちょっとだけ、胸騒ぎがした。
今夜オリーブと会えなかったら、嫌。
「フォカッチャも落ちつかない？」

ぼくは立ち上がって麦を見た。

「うん。だいぶ早いけど、もう陽子さんのところへ行こうか」

ヨーコの店には人の気配がなかった。

「こんにちは」

ムギが開きっぱなしの自動ドアから入った。

やっぱり中には誰もいない。

ただ、ヨーコとミカンザキの匂いはする。

店の中を走って探すと、ミカンザキのリュックがあった。

カウンターの裏のカゴに。

そのとき、ブーンと音がした。

ハサミがたくさん置いてある台で、ピンクのスマホが震えてる。

「ヨーコさん、携帯置いてどこいったのかな」

ムギが鳴らしたらしい。

またブーンと音がした。

ミカンザキのリュックがぶるぶるしてる。

「蜜柑崎さんの携帯もある。なにか緊急事態……？」
ムギがぼくを抱き上げた。
そのままあちこち歩き回る。
カウンターの裏に行ってみた。
ちいさなシンクがあるだけで誰もいない。
車椅子のまま入れるトイレに行ってみた。
やっぱりいない。
エレベーターに乗って二階に上がった。
「勝手に入りますよー」
いくら顔見知りのヨーコの家でも、普段のムギならここまでしない。
よっぽどミカンザキが心配みたい。
最初の部屋にはソファとテレビ。それからキッチン。
ムギの家より狭いけど、間取りは似てる。
次の部屋にはベッドと机と本棚があった。
「ダンベル……陽子さん腕の力を鍛えてるって言ってたっけ」
床に重そうな金属のやつがたくさん転がってる。

匂いが濃いから、普段のヨーコはたぶんここにいる。

「これ……なに……？」

ムギが壁に飾られた写真を見た。

「嘘……なんで……！」

すごく驚いている。

ぼくも見てびっくりした。

全部、ムギばかり写ってた。

「ふわ」

ムギのポケットがブーンと鳴った。

「公衆電話……」

しばらくじっと画面を見て、ムギはぴしっと電話に出た。

「もしもし……蜜柑崎さんっ？　いまどこですか？」

ほっとしたムギの顔が、みるみる曇っていく。

というより、ちょっと怒ってる？

「……温泉？　なんでそんなところにいるんですか！　……はい？　……はい。もういいです！　こっちから向かいますから！」

なんだかややこしいことになってきた。
ぼくは今日、オリーブと会えるんだろうか。
もしも会えなかったら？
もう家族の距離には戻れない気がする。

第四話　あんぱん・お花見・その答え（後編）

～あんぱん～

あんぱんにある「へそ」は諸説あるが、あんこと生地を密着させて内側に空間を作らないようにするためというものが有力。この問題をへそなしで解決するために考案されたのがホイップあんぱんかもしれない。

あんぱんはついつい牛乳とあわせがちだが、花見の季節にはお茶と一緒に食べて和を感じるのもまた一興。

4

春休みに入っているわりに、旅館のロビーに人は少なかった。

「麦《むぎ》さんは湯河原《ゆがわら》を通過したそうです。僕は熱海《あたみ》駅まで迎えにいきますけど、一緒にいきますか？」

公衆電話の受話器を下ろし、陽子《ようこ》さんに報告する。

「……」

車椅子から赤いじゅうたんを見つめたまま、陽子さんはなにも言わない。

さっきまで川沙希《かわさき》にいた僕たちが、なぜ熱海の温泉旅館にいるのか。

もちろん、のんびり湯に浸《つ》かりにきたわけじゃない。

数時間前の美容院ＹＯＫＯで、陽子さんはカットチェアに座る僕の両肩を押さえつけた。そして耳元でささやいた。「麦の母親は、あたしが殺したのよ」と。

まったくもって意味不明だった。僕が陽子さんに会いにきた目的は、麦さんの出自を教えてもらうためだ。なんで唐突に殺人の告白を聞かされているのか、さっぱり見当がつかない。

しかし心当たりがないこと自体が、僕を戦慄させてもいた。

身勝手に人の心に踏みこんで、予想もしなかった理由で相手を傷つけてしまう。麦さんが一番恐れているそれを、僕はやってしまったのではないか。

「お願いだから動かないでちょうだい。痛いのは嫌でしょう？」

陽子さんは極度の興奮状態にあるようで、声が震えていた。

甘い見通しでのこのこやってきた僕は、絶賛危機的状況にある。

周りには手入れの行き届いた刃物が山ほどあり、陽子さんは恐るべき怪力だ。

そして理由は定かでないけれど、陽子さんはかつて人を殺したと自白している。

「おおお、落ちついてください陽子さん。僕はなにも知りません」

「嘘おっしゃい。目を見ればわかるのよ。麦が気づいたんでしょう？」

「き、気づいてないです。麦さんは毎日ぼやぼやしています」

「ちょっと！　ぼやぼやなんてしてないわよ！　麦はしっかりした子なのよ。ただ顔面がぼーっとしているだけ」

肩への力がぐんと強まった。

「い、痛いです陽子さん！　いまのはかばおうとしただけです。麦さんがしっかりものなのは、誰よりもよく知ってます」

「じゃあ嘘ってこと？　それならやっぱり麦が『気づいた』ってことじゃない」

鏡の中の僕の顔に、「しまった」の表情が浮かぶ。

「でも優しいのね。麦の彼氏が蜜柑崎《みかんざき》くんでよかったわ」

「でしたら命ばかりはお助けを」

彼氏にはなれそうもないという事実は伏せた。

「やだ！　殺したりなんてしないわよ。あたしが逃げるまで、ここでじっとしておいてほしいだけ」

「逃げるって……警察からですか？」

陽子さんは麦さんの母親を殺してまだ捕まっていないのか？　だから出不精を装って外に出ないようにしていた……？

「なんで警察なのよ。麦に決まってるでしょう。二十年以上も嘘をついていたんだから、あわせる顔がないわ」

なんだか妙だ。話が嚙《か》みあっているようで嚙みあっていない。

「あの、陽子さんがついてる嘘ってなんですか？」

「聞くまでもなく知っているでしょう？　だから蜜柑崎くんはここへきた。あたしの口から言わせて録音でもする気？」

「本当にわからないんです。僕が知っているのは、麦さんが養子で、その事実を高津《たかつ》夫妻が隠している。でも麦さんは真相を知りたがっているから、つきあいの長い陽子さんに尋ねにきたわけです。僕だったら角が立たないと思って」

正直に全部を話すと、肩にかかっていた力がすっと軽くなった。

「追い詰められたと思ってたけど、全部あたしの早とちりだったのね……」

どうやらそうっぽい。僕らの調査がもっと進んでいると勘違いし、陽子さんが自爆した、ということのようだ。

「でも陽子さんは言ってましたよね。『いつかこういう日がくる』って。月子《つきこ》さんも同じことを言ってました。もちろん麦さんはずっと求めています。みんな覚悟ができているから、無関係な僕でも引き金になったんでしょう」

そこでブーンと音が鳴った。荷物入れに預けたリュックが震えている。たぶん麦さんからの進捗確認だろう。

「麦さんは待っています。だから陽子さんの口から、知っていることを聞かせてあげてください」

「嫌よ」

「ちょっと話すだけじゃないですか。往生際が悪い」

「それならもっと前に話すわ。もう終わりなのよ。真実を知れば、あたしたちの関係は壊れてしまう。あたしは麦が悲しむ顔を見たくないの」

「そんなこと言って、ずっと隠していたから勇気がないだけでしょう？」

なにを隠しているのか全然わからないけれど、いまは説得するしかない。

「……そうね。あたしは臆病者よ。でも……とにかく嫌なのよ！」

鏡の中から陽子さんの姿が消えた。あっと思って振り返ると、車椅子の後ろ姿が自動ドアを通過して出ていく。

「ちょっ……待って陽子さん！」

僕も慌てて美容院を飛びだした。

「もうカットは終わってるわ！　整髪料は自分でつけて！」

舗装されて平坦な道だからか、車椅子のスピードは驚くほど速い。

「そういうことじゃないですよ！　これには僕の恋路もかかってるんです！」

「そんなの知らないわよ！」

腕を振って全力で走っているのに、陽子さんとの差は縮まらない。

「陽子さんは、麦さんのことを愛していないんですか！」

この時点で僕は薄々気づいていた。陽子さんはただの常連客じゃないと。

「愛してるに決まってるでしょ！」

「麦さんだって陽子さんのことを愛してますよ！　だから直接聞きだそうとせず、僕を使いに寄越したんです！　陽子さんのことを傷つけたくないから！」

前方で車椅子が止まった。信号待ちだ。以前は麦さんと長々会話をしながら歩いたのに、いまはもう駅に着いている。

「陽子さん！」

今度は僕が両肩をつかまえた。体重をかけてぐっと押さえつける。

「お願いだから、これ以上麦さんを苦しませないでください」

「……怖いのよ」

「え？」

「蜜柑崎くんが言った通り、麦に打ち明ける勇気が出ないの。こうなる日がくるのはわかってた。頭の中でなんどもシミュレーションしたわ。それでもいざそのときがくると、怖くてしかたがないのよ……」

つかんだ肩が大きく揺れている。信号が青になった。

「だったら、僕がそばにいます。僕が陽子さんの勇気を支えます」

「無関係な蜜柑崎くんに言われても……」

「そこだけ真顔にならないでくださいよ！」

こんなに追跡逃亡した間柄なのに、無関係と言われて少し傷ついた。

「だったら、誰なら陽子さんを支えられるんですか。月子さんですか？　それとも高津オーナーですか？」

「……穂《みのる》」

「誰ですかその人……って、別にいいです。穂さんはどこにいるんですか」

「熱海よ。あたしの生まれ故郷」

そう遠くない距離だ。また逃亡されたら厄介だし、店に戻って車を出してもらうよりこのまま電車に乗ったほうがいい。

それで善は急げと、僕らは携帯も持たずに熱海へ出発したのだった。


「陽子さん、聞いてますか」

もうずっとロビーの床を見つめたまま、陽子さんはじっと黙っている。

穂さんにはもう会ってきた。熱海駅からタクシーで行ける距離に墓地があった。墓石の前で小一時間手をあわせると、陽子さんも少しは勇気が出たらしい。

念のため麦さんに連絡すると、こちらに向かっているところだと言う。

幸い財布は尻ポケットに入っていたので、僕は手近な旅館に部屋を取った。宿泊するためではなく、あくまで会合の場として。

「……車椅子を歓迎してくれる旅館なのはよかったけど、じゅうたんを傷つける気がして申し訳ないわ」

「陽子さん」

「……やっぱり、このまま会わないほうがいい気がするのよ。麦は絶対怒るもの。真実は蜜柑崎くんが話してくれればいいでしょう？」

ここまでくる電車の中で、僕はすでに出生の真相を聞いている。だから麦さんに真実を話すこと自体は可能だ。

「『無関係』な僕が、麦さんの人生を背負っていいんですか？」

陽子さんが逃げたくなる気持ちはわかる。けれどもう二十年も逃げてきた。

「それにもう、逃げられないと思いますよ。たとへどこかへ逃亡しても、いまの麦さんなら必ず陽子さんを見つけだします」

麦さんは苦しんでいる間にたくさん謎を解いてきた。尾行や張りこみを駆使して陽子さんの潜伏場所を探すなど、きっと朝飯前だろう。

「蜜柑崎くんは、あたしの選択が正しかったと思う？」

「無関係な僕の意見は、『知ったこっちゃない』です」

「……そっか」

「でも、ノーバディーズ・パーフェクトです」

僕は井谷の言葉を拝借した。

「完璧な人間はいません。人生に百パーセントの正解はありません。だから正しくない選択だってありません」

「……そうね。あたしに同意してくれた人もいるものね」

陽子さんが笑った。憑《つ》きものが落ちたとまでは言わないけれど、心の支えが見つかったんだろう。

「そろそろ行きましょうか。あ、車椅子押しますね」

熱海駅まではすぐそこだけれど、坂が多く傾斜がきつい。普段の陽子さんなら車でくるところだろう。今回は僕が無理を言って連れ出しているので、サポートするのは当然だ……という体を装い旅館を出た。

「無理しなくていいのよ。回り道すればひとりで行けるから」

「いえいえ。こう見えてけっこう力はあるんです」

「そんなこと言って、また逃げないようにつかまえてるんでしょう？」

「ばれましたか」

「だって本当に逃げたいもの。麦にどう話せばいいかわからないわ」

「陽子さん。あそこにバイクが停《と》まっているのが見えますか」

海へ続く道にある、食堂の前を指さした。

「ええ。ツーリング途中かしらね」

「ハンドルの部分に革ジャンがかけられていますね。ハンガーに服をかけるみたいにして。不思議だと思いませんか？」

「そう？　暑くて脱いだんじゃない？」

「なら食堂に入るときに持っていくでしょうし、僕の感覚だと今日は寒いです」

「じゃあ濡れたから乾かしているとか」

「今日は雨も降っていないですし、濡れる要素もないでしょう」

「蜜柑崎くんには答えがわかるの？」

「いいえさっぱり。でも麦さんならきっとわかります。尋ねてみてください」

麦さんと話をするなら謎を解くのが一番だ。こんな他愛のない謎であっても、きっと会話の糸口になる。

「駅舎が見えましたね。もう着いてるかも」

ちょうど熱海止まりの電車が停車したようで、駅前ロータリーには観光客の姿がちらほらあった。その中に、ただひとり無表情な女性がいる。

「蜜柑崎さん！　陽子さん！」

人混みの中から麦さんが駆けよってきた。

刑事コートの上から僕のリュックを背負って。

胸にはパン柄の布袋を抱えて。

「麦さん！」

両手を広げて出迎えた僕をスルーして、麦さんは陽子さんの前に立った。

軽く落ちこむ僕の足下を、寝袋から飛びだしたフォカッチャがフシュフシュ鳴いて走り回っている。なにか訴えたいことでもあるのか、かなり必死な印象だ。

「わたし、陽子さんの部屋で、見た」

麦さんが呼吸を整える間もなくしゃべりだす。

「写真。わたしに、そっくりな、女の人の」

だとしたら、麦さんはもう真相に気づいているのだろう。

それでもここへきたのだから、きっと大丈夫だ。

「ええと、ものすごく大事な話が始まる場面ですけど、僕らは望口《のぞみくち》に帰ります」

足下のフォカッチャを抱き上げて、僕はふたりに向き直った。

「蜜柑崎さんなぜですか？　用事があるんですか？」

「そうよ蜜柑崎くん。いてくれないと困るわ。変に気を回さないで」

陽子さんに泣きつかれても、僕は帰らねばならない。

「いまから戻ればオリーブの引き取りに間にあいます。でもふたりには積もる話があるでしょう。なので無関係な僕が、ひと足先にフォカッチャを連れて帰ります」

麦さんと陽子さんが、実にすまなそうな顔をした。

「ごめんねフォカッチャ。忘れてたわけじゃないんだけど……」

「麦さんが悪いわけじゃないよ。こうなったのも、僕が無理して陽子さんを熱海に連れてきたせいだし。僕が責任持って二匹を会わせるよ」

フォカッチャには数え切れないほど借りがある。返すにはいい機会だ。

「それじゃ、ごゆっくり」

麦さんが持ってきてくれた荷物を受け取ると、僕はフォカッチャを抱いて駅のホームへ向かった。売店で自分のお茶と連れの水を買う。

ボックス席に座ると、リュックから調査ノートを取りだした。

「さて。それじゃ最後にまとめようか」

移動時間はたっぷりある。

僕は陽子さんから聞いた真相を記述しはじめた。

5

安陽子友秋《あびしともあき》だった頃の陽子さんには、あまり特徴がなかった。

成績は中の上。趣味はマンガを読みながらラジオを聴くこと。中肉中背。誰かが冗談を言えば笑うけれど、自分から話しかけることは少ない。人から嫌われも好かれもせず、賞罰もなく、将来の夢もないがそれを気に病むこともない。そんな人物だった。

生まれは静岡県熱海市。温泉と潮の香《か》に包まれて少年時代をぼんやりすごした陽子さんは、無限の可能性の中から東京の大学へ進学するという、ごくごく平凡で無難な選択をした。

最初の二年はうかうかと生きた。しかし大学三年目の春に、陽子さんの人生を一変させる出来事が起こる。

小雨《こさめ》の降る深夜。下宿を出てコンビニへ夜食を買いに出かけた陽子さんは、人気《ひとけ》のない道路を時速八十キロで走行する自動車に跳ね飛ばされた。

闇の中を十メートル以上も舞い、アスファルトに頭を叩《たた》きつけられた陽子さんを見て、一度停車した車は猛スピードで逃げ去った。死んだと思ったのだろう。目撃者はひとりもおらず、犯人はいまも捕まっていない。

しかし陽子さんは生き延びた。九死に一生を得て入院先で目を覚ますと、医師から脊髄損傷により両下肢が麻痺した状態だと告げられた。

脊損は回復の見込みがほとんどない。骨折した両足が治癒しても、陽子さんが自分の足で歩けることはもうないという。

もともと生きる気力がみなぎっていた人間ではなかった。リハビリにもまるで身が入らず、半年ほどで退院してからは実家に戻った。努力すれば通えた大学もやめ、陽子さんは一日の大半をベッドでマンガを読みながらすごす。

季節は冬になった。

陽子さんの生活は、ある意味でそれまでと変わらない。

しかし両親は息子の引きこもりを心配したらしく、ボランティアサークルや車椅子利用者の集いに相談した。

その結果、安陽子家に数人の男女が訪れる。近くの大学に通う彼らは、バリアフリー建築やユニバーサルデザインを学ぶ学生だった。車椅子利用者の視点から、熱海を快適に観光するための意見がほしいという。

気乗りはしなかったものの、陽子さんは暇を持て余していた。親を不安にさせるのも本意ではないので、彼らの研究会に参加する。

すると意外や楽しかった。彼らはボランティアサークルではない。不要な介助の押し売りもなく、憐れみの目を向けてくることもなかった。

むしろ貴重な意見をくれるアドバイザーとして陽子さんを扱ってくれる。おまけに同世代ということもあって、メンバーたちとは自然に打ち解けていった。

そんな仲間のひとりに穂さんがいた。名前の響きは男性のようだけれど、陽子さんいわく、麦さんに輪をかけてクールな美人らしい。

穂さんは陽子さんのひとつ歳上《としうえ》で、春からは大手ハウスメーカーに就職が決まっている。口数も少ないし、自分とは接点がなさそうだ。そう思って最初はほとんど話さなかったという。

ふたりの仲が変化するきっかけは、研究会でのお花見だった。

舞い散る桜に降り注ぐ春の雨。予報にない荒天にみんなが逃げ惑う中、穂さんだけがずぶ濡《ぬ》れになりながら、陽子さんの車椅子を押してくれた。

なんとか雨宿りできる場所についた頃には、すでに雨は止んでいた。それでも感謝を伝えようと口を開きかけたとき、陽子さんは尻の下に違和感を覚える。探ってみると折り畳み傘があった。

差せば片手がふさがるので、車椅子で傘を使うと移動ができない。陽子さんが普段用いる雨具はカッパだ。母は心配性のくせにどこか抜けている。

ふたりで折りたたみ傘をまじまじと眺め、互いにぷっとふきだした。

陽子さんは、そのとき初めて穂さんが笑うのを見た。桜の下で雲を晴らすような屈託のない笑顔を見て、瞬時に恋に落ちてしまった。それまで意識したこともなかった相手に、「あなたが好きです」と口走ってしまった。

しかし穂さんは数日後には社会人。自分は年下で学生ですらない無職。しかも一生を車輪の上ですごす身だ。どうしたって釣りあわない。そう思った。

穂さんの返事は「ありがとう」だった。当然別れの言葉として受け取る。

ところがそう思っていたのは陽子さんだけだった。

ふたりは交際を始めることになり、平日は電話とメールで連絡を取った。休日は穂さんが車で迎えにきてくれて、あちこちへ出かけるようになった。

穂さんは感情が顔に出ないので、なにを考えているかわからない。陽子さんは不安をごまかすようによくしゃべった。穂さんの話にも真剣に耳を傾けた。

そんな風に長く時間をすごしていると、距離が縮まったのか穂さんはよく笑うようになった。仕事の悩みや愚痴も言ってくれるようになった。

ふたりの関係は順調だった。それどころか穂さんに影響を受け、陽子さんも社会復帰の道を探し始めた。幸いなことに、研究会の仲間が車椅子利用者でも働ける会社をいくつも知っていた。

それまで興味なんてまったくなかったが、経営者の人柄にほだされて美容院で働くことになった。ひたすらに先輩の髪をシャンプーし、マネキンの頭をカットする日々が始まる。これもまた予想外に性にあっていた。誰かが自分に自信を持って店を出ていく姿を見送るのは楽しい。毎日が新鮮で充実していた。

しかし互いに仕事が忙しくなるにつれ、会える時間が減っていく。

どちらともなく、一緒に住もうという話が出始めた。

両親には反対されるかと思ったが、意外やすんなり認めてくれた。穂さんのおかげで息子が前を向いてくれたことに、ひたすら感謝しているらしい。

一方で、穂さんのほうは親に伝えなかった。もともと陽子さんとの交際も話していないという。

その事実は陽子さんの心に影を落としたが、なにも言えなかった。いまの幸せを自ら壊すようなことはしたくない。

２ＤＫの小さなマンションで、ふたりの生活が始まった。

目を覚ますと隣に穂さんがいる。寝室でカットの練習をしていると、夕食ができたと穂さんが呼びにきてくれる。それがどんなに幸せなことかを、陽子さんは十分に理解していた。自分が事故に遭ってよかったとすら思うほどに。

この幸せを逃すまいと、陽子さんは仕事に勤《いそ》しんだ。穂さんの手をわずらわせないよう、自分でできることは自分でやるようにした。家事は一通りできるようになったし、いままで甘えていた買い物も率先してやり始めた。

そうして一緒に暮らし始めて一年が過ぎた頃、信じられないことが起こった。

穂さんに妊娠を告げられたのだ。

もちろんそれは喜ばしいことだが、ふたりはまだ若すぎる。まして自分はこんな体だ。子育てなんてできる気がしない。父親の自覚はもっとない。いまはよくてもこの先ずっと、穂さんを幸せにしてあげられる自信がない。

しかしそんな風に考えているのは、またも陽子さんだけだった。

「わたしと結婚してください」

穂さんの言葉はごくシンプルで、陽子さんが悩んでいたあれやこれをすべて吹き飛ばした。ふたりのこれからにはいくつも難題が降り注ぐだろう。けれどいままでだって頭を抱えていたのは陽子さんだけで、穂さんは問題にもしなかった。

それでも陽子さんは聞かずにいられなかった。桜の雨の中で『ありがとう』と返された日から、ずっと聞こうとして聞けなかったことを。

「本当に、こんな僕でいいんですか」

それは健常者が口にする言葉よりもずっと重い。言うならば、あなたには生涯苦労を強いるという宣言だ。自分の存在はマイナスだと再考をうながす進言だ。それを初めて口にした。口にせざるを得なかった。自分自身の幸せよりも、穂さんが不幸になることがなによりつらい。

「わたしは強欲だよ。いまが幸せだから、この先もきみとずっと一緒にいて、他の人よりたくさん幸せになろうと目論《もくろ》んでるんだ」

陽子さんは泣いた。そして泣きながら尋ねた。

「そもそも、僕なんかのどこがいいの」

陽子さんはプロポーズを拒んでいるわけじゃない。下肢の機能を失っているから自信がないわけじゃない。ただ怖気《おじけ》づいていた。現在の陽子さんいわく、『男の肝っ玉は女のよりも小さいの。結婚前にビビらない男なんていないわ』、らしい。

そんな陽子さんの臆病風も、穂さんはものともしない。

「笑顔かな。きみが研究会にきて初めて笑ったとき、なんか幸せな気持ちになったんだよね。そう言うときみは憐れみだとか言いそうだけど、そんな慈愛の心はわたしにはないよ。なんかかわいかったんだよ、きみが。それでこの人をもっと笑わせたいなあって思ってたら告白されたから、これはチャンスだぞって。それでつきあったらやっぱり幸せな気持ちで、現在に至る」

こうしてふたりは結婚する。

穂さんの親は最後まで反対した。もともと反発がわかっていたから、交際も報告しなかったらしい。しかし最後には渋々認めてくれ、結婚式にも参加してくれた。なにせおなかには子どもがいる。

日に日に大きくなるおなかを撫でながら、ふたりであれこれと名前を考える。最終的にはお互いの名前、秋に穂《みの》るものとして麦を選んだ。麦の収穫時期が初夏だと知るのはもう少し後だ。

かくして、麦さんがこの世に産声《うぶごえ》を上げた。

ふたりは娘をかわいがった。夜泣きが激しい時期は授乳疲れの穂さんに代わり、陽子さんが寝かしつけた。どれだけぐずっても車椅子の膝に乗せて町内をひと回りすると、振動が心地よいのかすやすやと眠ってくれた。

なにもかもが初めてな育児は大変だったが、娘はとにかくかわいい。

そうこうする間に、陽子さんにも親の自覚が芽生えた。通信課程で美容師免許も取り、将来は自分で店を持とうという夢もできた。親は子が育てると知った。

穂さんが自分の人生を変えてくれた。このときの陽子さんはそう思っていた。

しかしそれは、間違いだったと思い知る。

その日は朝からひどい雨が降っていた。

すると通勤する陽子さんを送っていくと、穂さんが支度を始めた。

穂さんはまだ育休期間中だったので、陽子さんは甘えてしまった。娘は近所に住む陽子さんの友人が見てくれることになった。

普段の陽子さんは職場まで電車通勤する。だから送ってもらうのは駅までのほんのわずかな距離だ。なのに事故は起こってしまった。

豪雨だったこともあり、いつも助手席に座る陽子さんは、畳んだ車椅子を置いて後部座席にそのまま座った。

車が発進してしばらくすると、穂さんが急ブレーキを踏んだ。

気がつくと、陽子さんはあのときと同じくベッドに寝かされていた。

混濁した意識が戻ってくると、ベッドの横に泣きはらした母の顔がある。

父が口を開いた。穂さんは即死だったと。

雨でタイヤを滑らせたトラックと正面衝突したらしかった。

このときの陽子さんの喪失感は、筆舌に尽くしがたい。

自分に自信と夢と娘を与えてくれた、最愛の人を失ったのだ。最初の事故でもう歩けないと告げられたときよりも、心が引き裂かれたかもしれない。

幸いトラックのドライバーは命に別状なく、陽子さんも軽傷だった。そう教えてくれた医師に対して、陽子さんはつかみかかろうとした。「なにが幸いだ」と。そうやって誰かに感情をぶつけることで、正気を保とうとしていたのかもしれない。

それから数日間の記憶はおぼろげだった。

しかし葬儀で穂さんの両親に罵られた言葉だけは、はっきり覚えている。

「おまえが穂を殺したんだ」

その通りだと、陽子さんは憎悪を自分へ向けた。穂さんの後を追おうと考えた。

しかし娘がいる。穂さんが産んでくれた愛すべき麦さんがいる。娘を放りだして自分だけ楽になるわけにはいかない。

そう思っても、自分が穂さんを殺したという考えは拭えない。自分と出会わないほうが穂さんは幸せだったという思いは、結婚前からあったのだ。

車椅子で生活する男が、ひとりで娘なんて育てられるわけがない。育ててみせると思い上がればまた不幸が訪れる。それだけは避けなければならない。

金銭的、身体的な理由を挙げて、陽子さんは娘を養子に出すことにした。両親は反対したがこれだけは譲れなかった。

かたや穂さんの両親は反対しなかった。陽子さんを恨んでいるからではなく、孫の幸せを考えてのことだろう。この皮肉には感謝した。

乳児院での養育が始まると、間もなく引きあいがあった。養子制度の仕組みについては担当者から聞いていた。陽子さんは特別養子縁組を希望した。

候補となっているのは四十が近い夫婦だった。不妊治療を続けていたが効果が出なかったらしい。養親になれるギリギリの年齢だという。それほどまでに子を欲している夫婦なら、きっと大切に育ててくれるだろう。

試験養育期間が始まった。担当者によれば、養親はひたすらに愛情を注いでいるという。娘は健やかに育っているようだ。

あとは試育期間が終わって親権を放棄するだけだ。そうすればこの苦しみから解放される。遠慮なく自分を見放すことができる。

そんなことを思うと、決まって穂さんの笑顔がよみがえってきた。

そして子猫のように小さな娘の笑顔が重なった。

穂さんとふたりで育てていた頃の娘はよく笑った。けれどそれは笑顔に見えるだけで、実際は筋肉の痙攣《けいれん》のようなものだと知っている。

それでも穂さんは、「あなたみたいによく笑う子になるわ」と自身もうれしそうに笑っていた。そんな情景ばかりが頭に浮かんでくる。

自分の手を離れてしばらくたつけれど、娘は本当に笑うようになっただろうか。桜の雨の中で見た穂さんのように、のびやかに笑えているだろうか。いまさらのようにそんなことが気になってしまう。

仕事も休職し、毎日亡き妻と娘のことだけを考えていた。

つらくて、苦しくて、どうしようもなくて、ただ無気力に生きていた。

季節がまた変わった。

試育期間の終わりが近づいている。いまなら養子縁組は解消できる。そうせずに試育期間が終わっても、普通養子縁組に変更すれば親権は消失しない。養親と話しあって娘に会うことだってできる。

自分で育てることはできない。けれど娘に会いたい。そればかり考えていた。最後に一度、遠くから様子を見るのはどうだろうか？　そこでのびやかに笑っている姿を見たら、養親の家こそが娘の居場所だとあきらめられるのではないか。

そう考えて、すぐに無理だと首を振る。養親の個人情報は知らされていない。断片的な話は聞かされているが、それだっておおまかな居住域とパン屋を営んでいるという漠然としたものだ。

ただ、方法がないわけではない。

陽子さんは張りこみをした。養子縁組あっせん機関の担当者が、麦さんと養親の経過観察で出かけるのを待ったのだ。

待っている時間はほとんど空振りに終わった。そもそも車椅子で徒歩の人間を尾行するなんて不可能に近い。ばれないことを最優先にするため、追跡をあきらめることも多々あった。

そんな成果のない行為を三ヶ月も続けられたのは、時間が余っていたからだけではないだろう。

その日の担当者は、隣県の川沙希へ出かけた。

十分な距離をとって後をつけていく陽子さんを、長い坂が阻む。

いくら気持ちが強くても限界はある。こんなことなら電動車椅子にしておけばよかったと、陽子さんは悔やみながら引き返そうとした。

すると、背後から強い力で車椅子が押される。

「いつもひとりで上っているんですか」

振り返ると、口ひげをたくわえた中年男性が笑っていた。

「い、いいえ、今日は特別で」

「ならよかった。坂の上まで押しましょう」

見知らぬ人から声をかけられ、介助されることはたまにあった。本当につらいときに手を貸してくれた人には、いつも心から感謝している。

前を行くあっせん所の担当者に気づかれないかとハラハラしつつも、陽子さんは男性に甘えることにした。

「私はすぐそこでパン屋をやっているんです。ほら、あれが目印ですよ」

見上げた坂の途中に、両面式のスタンド黒板が立っていた。

坂を上るにつれて文字が読めるようになる。チョークで丁寧に書かれたパンの焼き上がり時刻の上に、こんな文句が書かれていた。

『ブーランジェリーMUGI（※ブーランジェリーTAKATSUから店名が変わりました！）』

　思わず振り返って男性の顔を見る。

「麦は娘の名前でしてね。四十近くで初めて親になったんで、バカをしてます。お時間あるようでしたら、寄っていきませんか」

　断らなければいけない。けれど言葉が出てこなかった。陽子さんの車椅子は、娘の名前がつけられた店に近づいていく。

「ちょっと待っていてください。車椅子のお客さまは初めてなんで」

　経営者の男性が小さな階段を上がっていく。あまり広くはないがこぎれいな庭が見えた。その先に建つ家は一階がガラス張りになっている。清潔感のある店の中にいくつもパンが並んでいた。

「よいしょ。これでいけるかな」

　厚手のベニヤ板を階段に渡し、男性がまた車椅子を押す。

「スロープに作り替えるといくらかかるかなあ……」

「だ、大丈夫です。次にうかがうときにはご連絡してからきますから。どうせひとりでは坂も上れませんし」

とっさにそんな言葉を返してしまった。男性が「ぜひ」と笑う。

「ただいま。帰ったよ」

男性がドアを開けると、あたたかなパンの香りが鼻腔《びこう》をくすぐった。

「おそば食べにいくだけで三十分もかかるもの？　あっせん所の担当者さん、上で待ってるわよ」

男性の妻と思《おぼ》しき女性が、「ひどいパパでちゅねー」と抱いた子どもに話しかけている。会わない間にすっかり大きくなった娘を見て、声が出てしまった。

「麦……！　麦……！」

経営者夫婦の顔がこわばる。

次の瞬間、車椅子の背後にまた力が加わった。

「あなたがここにいるのを、担当者に知られたらまずい。なるべく早く帰ってもらいますから、しばらくあっちにいてください」

陽子さんは厨房に押しこめられた。経営者夫婦は『上』へ行ったらしい。いきなり現れた車椅子の男を、厨房で働く職人たちがぽかんと見つめている。

気まずい時間が三十分ほど経過すると、男性が戻ってきた。

「里親の高津です。上へ行きましょう。失礼しますよ」

高津と名乗った男性は陽子さんを軽々背負い、店の外へ出て階段を上った。

玄関を入ってソファに座らされると、娘を抱えた女性がやってくる。

「高津の妻、月子です。さあ、抱いてください」

優しい手つきで娘を抱かされた。その重みに、すでに赤ん坊から子どもに成長している姿に、嗚咽《おえつ》が漏れる。

「こんなに……こんなに……」

それ以上の言葉が出てこない。娘はこんなにも成長している。こんなにも愛しい娘を自分は手放した。涙が止まらない。

「私たちは大まかな事情しか知りません。ええとお名前は──」

「安陽子です。安陽子友秋と言います」

「安陽子さん。娘を、麦を──」

高津オーナーが言いかけたところで、腕の中の娘が身をよじった。泣きながら月子さんに向かって両手を伸ばしている。

「もう。せっかく本当のパパが会いにきたのに」

月子さんがその手に抱いて優しく揺り動かすと、麦さんはへけへけと笑った。そのきちんと感情を表した娘の笑顔を見て、陽子さんは叫ぶように泣いた。

声がかすれて、呼吸が止まりかけるまで、制御できない感情を吐きだした。

「安陽子さん。麦を連れて帰りたいというなら、私たちは逆らいません」

「高津さん……」

「手放さざるを得なかったお気持ちは察します。けれど麦はあなたの娘だ。少々苦労をかけてもいい。あなたと奥さんの間に生まれた、たったひとりの子どもです。血のつながった家族です」

そうしたいという気持ちは強い。けれど月子さんの腕で笑う娘を見たからこそ、それだけはできないと思う。

「違うんです。僕はそんなつもりできたわけじゃないんです。最後にひと目だけ見ておきたかったんです。安心したくて」

「最後ってなに？　あなたにはまだ育てる義務と権利があるのよ」

月子さんが強い口調で言い、落ちついた麦さんを陽子さんの膝に置いた。

下肢に感覚はない。なのに娘の重みが感じ取れる。

ぐずる娘を膝に乗せ、町内を一周した夜の感覚がよみがえる。

「ああ……ああ……！」

陽子さんはまたも声を上げて泣いた。ずっと抱きしめていたい。ずっと抱きしめていたい。娘とずっと一緒にいたい。あの日に帰りたいと。

「あたしはね、正直に言って絶対に麦を返したくなんかないわよ。でも、しょうがないじゃない……どんなにかわいくても、愛おしくても、麦はあたしたちの子どもじゃないんだから……。あたしたちよりも、麦を愛する父親がいるんだから……」

月子さんは歯を食いしばって泣いていた。オーナーの腕に爪を食いこませて、経験したことのないつらさに耐えていた。

陽子さんも同じ気持ちだった。この夫婦の心が痛いほどわかった。

「……放棄します。僕は親権を放棄しますから、特別養子縁組をしてください。麦は名実ともにあなたたちの娘になって、ずっと幸せに暮らせます」

「じゃああなたはどうするの！」

「僕は……見守ります。毎週ここへ通って、他人として麦の成長を応援します」

「そんなことを言って、途中でやっぱり返してくれなんて言えないのよ。一度親権を放棄したら、血はつながっていても親子関係は簡単に回復できないのよ」

「できるなら僕だって自分で育てたいですよ！　こんな素敵なお店で働きながら、娘と一緒の時間をすごしたいですよ！」

「できるわよ！　ちょっと足が不自由なくらいなによ！　その若さならなんだってで

きるでしょ！　親なのよ！　死に物狂いで育てなさいよ！」

「月子」

オーナーが顔をくしゃくしゃにした妻をたしなめた。

「……足じゃない。心の問題なんです。僕は二度も交通事故に遭った。二度とも僕の責任です。僕は自分のせいで麦の母親を殺したんです。バカバカしいと言われるかもしれませんけど、麦をこれ以上不幸にさせることに耐えられません」

「バカバカしい！」

「やめなさい。ふたりとも落ちつこう」

オーナーが吠える月子さんの背中を撫でる。

「安陽子さんの提案は、私も無責任だと思う。ハトに子どもを育てさせるカッコウと同じだ。だが私たちは、あなたと同じ不幸を経験していない。私があなたの立場にあったら、同じことを考えるかもしれない」

確かに虫がよすぎるとは思う。でも自分と暮らすことは、娘にとって幸福とは言えない。日常生活だけでなく、金銭面や老後でも苦労をかけるだろう。

娘が不幸になる環境へ導こうとする親などいない。親だからこそ、こんなにも愛しい娘を、穂さんの子どもを、心を引き裂かれる思いで他人に託すのだ。

そしてそれは、初めて子を得た高津夫妻も一緒だと知る。

娘を幸せにする自信はある。愛するがゆえに店の名前までも変えた。そんな娘が成長すると、自分たちは本当の親ではないと告知しなければならない。それが娘にとってどれほどショックなことだろうか。

まだ数ヶ月しかすごしていなくとも、娘を心から愛している。だからこそ、本当の親に育ててほしいと思っている。この子を手放すと年齢的に再び養親にはなれないのに。麦さんが最初で最後の子どもであるのに。

どちらの親も、できるなら自分たちで育てたい。けれど小さな命の幸福を本気で考えているからこそ、お互いに身を切る思いで娘を差しだそうとする。

議論は平行線のまま夜になった。日を改めてまた話しあう。

結論が出たのは四回目の会合だった。

特別養子縁組はこのまま進める。

陽子さんは親権を放棄し、高津夫妻は法的に麦さんの実親となる。

ただし真実告知は行わない。麦さんが自ら気づいて尋ねてきた場合は包み隠さず伝えるが、こちらからほのめかすことはしない。

これは陽子さんが出した条件だった。高津夫妻は愛する娘をずっとだまし続けることになる。場合によってはその他大勢の人も。

　それがどれほど心苦しいことかは想像もできない。けれど両家がともに愛する娘のことを思って出した結論だ。

　こうして麦さんは、名実ともに高津家の実子となった。

　陽子さんは毎週熱海からやってきて、麦さんの成長を見守る常連客となった。それを自然に見せるため、ブーランジェリーMUGIにはイートイン席ができた。

　陽子さんは車の免許も取得した。二度も交通事故に遭ったからできれば避けたかったが、いつまでも高津夫妻に迷惑をかけるわけにはいかない。

　ただし、入り口の階段をスロープにするというオーナーの申し出は断った。金銭面で遠慮したわけではなく、自分をきちんと他人にするため線を引きたかった。ほかの車椅子利用者には申し訳ないが。

　それから十年と少しが経った。貯《た》めた蓄えと親からの借金で、陽子さんは望口からほど近い場所に家と土地を買った。一階部分にかねてからの念願だった自分の店を開いた。すると麦さんが遊びにくるようになった。

　高津家と陽子さんにとって、幸せだった二十年が過ぎた。

　しかし麦さん自身が謎に気づき、両家からしたら突如現れた馬の骨である僕が、結果的に秘密を暴くことになってしまった。

「人と向きあうのを怖がっている点で、陽子さんと麦さんは似てるよね」

調査ノートへ記入を終えた僕は、隣のフォカッチャに話しかけた。

「いまごろは、ふたりとも泣きながら話してるのかな」

ずっと他人だと思っていた人が父親だと知り、麦さんはどんな気分だろう。

「案外わだかまりもなくて、水入らずで温泉に入ってたりして」

「フシュ！」

フォカッチャがなにやら抗議してきた。そんなことはどうでもいいから、早くオリーブに会わせろと言っているのかもしれない。

「さっき平塚《ひらつか》駅を通過したから、もうすぐ川沙希だよ」

今日からフォカッチャは、オリーブと家族になる。やがては親にもなるだろう。陽子さんの話を聞いたあとなので、早くももらい泣きしてしまいそうだ。

「不思議だよね。陽子さんは全然お父さんっぽくないのに、ちゃんと麦さんの家族って感じがするんだよ。距離が近いというか」

フォカッチャが「フシュフシュ！」と鳴いた。

この怒りっぽいハリネズミもまた、麦さんの家族だ。友人とも恋人とも違う距離感で、麦さんにはたくさんのつながりがある。

いつかは僕もその中に入りたいと思った。別に恋人になれる望みがないからではなく、麦さんとその距離にいたいという意味で。

「いいかげん、おなか減ったな……」

今日はあちこち移動していただけで、ほとんどなにも食べていない。

話だけ聞かされておあずけ状態の、桜あんぱんに思いを馳《は》せた。

6

街を歩いていると、高確率で視界に桜が飛びこんでくる。

ソメイヨシノはもちろんのこと、商店街のチラシやのぼりにも、ピンクの花弁が舞い散る時期になった。

入社式まではあと数日。学生として自由を謳歌《おうか》できる最後の春だ。

そんなわけで、現在の僕は桜を眺めている。

場所は見《み》晴《はらし》用水の上流にある、円筒分水公園《えんとうぶんすいこうえん》。まだ午前中だけれど、花見客は大勢いた。誰もが陽気で陽気になり、笑顔とビールを振りまいている。

けれど僕の周囲には、地面をつつくハトが一羽《わ》いるだけ。

まあ場所取り要員だからしかたがない。大きく広げたブルーシートには、この後に四人と二匹が加わる予定になっている。

麦さんはあの日、温泉旅館に一泊した。高津夫妻には「親友の宇佐《うさ》ちゃんが突発的に温泉一泊ツアーを企画した」と伝えているらしい。

旅館の一室で、麦さんは陽子さんの口から真相を聞いた。生みの母である穂さんの墓参りもした。

そのことを、まだ高津オーナーと月子さんには話していない。麦さんは家族全員が集まる今日この場で、なにかしらの結論を出すつもりのようだ。

はたしてそんな場所に僕がいていいのかと疑問に思うも、麦さんはいてくれないと困ると言う。こんな僕でも麦さんにとっては支えになるらしい。

「『春に桜の下で逝け』……か」

桜の花を見ていると、以前に丼谷がくれた言葉を思いだす。

去年の夏、僕は麦さんと出会って恋をした。

冬には思いの丈をすべて伝えた。

　春になったいまようやく返事をもらえるけれど、もうあまり気にしていない。麦さんは僕と恋人同士になるつもりがない。でもそれは麦さんの定義であり、僕からすれば先日部屋を訪れた際の空気で十分なのだ。

「だってあんなの、完全に恋人同士だし……」

　などと思いだして恥ずかしくなっていると、どこからともなく松ぼっくりが飛んできた。とっさにキャッチする。

「やりますね。髪型がシュッとすると、反射神経もよくなるようで」

　不敵な笑みで現れたのは筑紫野《つくしの》さんだ。麦さんの親友である彼女とは、バレンタインデー以来会っていない。あのとき束ねていた髪も短くなっていた。

「その節はどうも。筑紫野さんもお花見？」

「ですよ。わたしはもっと下流のほうですけど」

「そっか。いい天気でよかったね」

「ええ。本当ににいいお天気で」

　春の陽射しはやわらかく、公園内の桜をきらきらと輝かせている。「め組」で花見をするといつも飲んで騒いでだったけれど、こんな風にぼーっと桜を見るのも悪くない。僕も多少は大人になったようだ。

「麦ちゃんは、今日で変わるみたいですね」

筑紫野さんと麦さんは親友だ。一泊旅行の口裏あわせをした際にでも、いろいろ事情を聞いているのだろう。

「うん。どうする気かは僕も知らないけどね」

「ありがとうございます蜜柑崎さん。これからも、末永く麦ちゃんの支えになってあげてくださいね」

筑紫野さんがにっこり笑って頭を下げた。腹黒なので裏がありそうだけれど、この手の言葉は素直に受け取りたい。

「うん。社会人になっても、友人として仲よくやっていくよ」

「そうならないように祈っています。それでは」

満面の笑みで言い残し、筑紫野さんは去っていった。なぜだかハトもあとを追うように飛んでいく。まるで筑紫野さんの子分みたいに。

さておき、「そうならないように祈っています」とはどういう意味だろう。

筑紫野さんは底意地が悪いけど、人の不幸を喜ぶタイプじゃない。僕と麦さんの関係悪化を願ったりはしないと思う。

「やだ！　本当に首を傾げてるわ！」

大笑いで陽子さんが近づいてくる。車椅子を押しているのは麦さんだ。

「いまそこで宇佐ちゃんに会ったんです。蜜柑崎さんは非常に不可解な面持ちをしていると予言していました。なにかあったんですか？」

麦さんは謎でもあったのかという顔で目を輝かせている。出会った頃よりもずいぶん表情が明るくなった。桜の下にいるだけで本当に絵になる。

「遅くなってすまなかったね。オリーブが緊張気味なんだ」

高津オーナーが両手に持っていたふたつのバスケットを置いた。そのうちの小さいほうがひとりでに開き、中からフォカッチャが顔を出す。

「出たな新婚さん」

冷やかすと、フォカッチャはバスケットの中を振り返った。真っ白なオリーブがおずおずと顔を出す。意外と亭主関白なんだと微笑ましい。

「じゃ、飲みましょうか」

月子さんが大きなほうのバスケットを開ける。中にはワインのボトルとあふれんばかりのパンが詰まっていた。僕も手土産として、実家で作っている「すっきりしたミカンのビール」を持参している。

「でもいいんですか月子さん。こんな時間から飲んじゃって」

「午後は臨時休業。さっきまで、焼いて売ってしてきたしね」

住宅街にあるブーランジェリーMUGIが賑わうのは朝だ。僕がぼんやり桜を見ている間、高津家の人々はひと仕事してきたらしい。

「それじゃ、おつかれさまです」

缶ビールとワインで乾杯し、お花見が始まった。

「パンもたくさんあるので、遠慮しないでくださいね」

麦さんに勧められ、僕は個包装された小ぶりなパンを手に取る。

「いただきます。ずっと楽しみにしてたんだ。『桜あんぱん』」

つやつやと光るパンを口に運ぶ。唇に触れた生地がやわらかい。鼻先でかぐパンの香りは最高だ。この時点でも幸せを感じるのに、口の中にあんことパンの甘みが押し寄せてくると、感謝せずにはいられない。

「この国に生まれてよかった……」

どうしようもなくあんぱんを食べたいという衝動は、日本人なら誰しも定期的に訪れるだろう。僕はいままさにその周期にいて、最高にうまいあんぱんを食べた。この満足感はなにものにも代えがたい。

「蜜柑崎くん、二口目よ。二口目からのビールよ」

陽子さんに催促されて再びあんぱんをかじる。

「……天才ですね。桜の塩漬けをあんぱんに仕込んだ人は」

甘さに満たされた口の中に、ぴりっと刺すような塩気。あんこの大地に散った赤い花弁のあでやかさ。食べるのが惜しくなる景色を眺めながらのビールが、これまた予想外にうまい。

「ね。毎年このお花見であんぱんを食べるのが、あたしの楽しみなの」

わかりますと首肯した。桜の花とあんぱんがこれほど贅沢《ぜいたく》な気分に浸らせてくれるのは、本当にいまのこの時期だけだろう。

「あれ？　フォカッチャもパンを食べてるの？」

麦さんがハリネズミ夫婦に茶色いものを与えていた。パンのかけらかと思っていたら、わりばしの先でそれがくねっとうごめく。

「ミルワームです。お花見ですから好物をあげようかと」

オーナーたちがさっと目をそらした。僕もウネウネは得意じゃない。麦さんはそういうの平気なのかと尋ねると、「慣れました」と今日も淡々。

ペットを飼うというのはそういうことらしい。麦さんも育てられた親だ。

「そうそう。聞いて蜜柑崎くん」

陽子さんが耳打ちしてくる。

「バイクのハンドルにかけられた革ジャンの謎、麦が見事に解いたわよ。解いたっていうか、正確には『見た』だけどね」

あの日、いきなり本題を切り出すのもどうかと思った陽子さんは、宿に戻るまでの道すがらで、「食堂の前に止まったバイクのハンドルに革ジャンがハンガーのようにかけられている謎」を聞かせたそうだ。

すると麦さんは鼻をひくつかせ、目を輝かせ、食堂の前で張りこみを始めた。寒さに震える陽子さんを放って。

「ハンドルカバーっていうのかしら。あれの代わりに使ってたみたいね」

「でも革ジャンを脱いだら寒くて本末転倒でしょう」

「それがね、食堂から出てきたドライバーは旅館の浴衣姿だったの。食堂まで浴衣の上に革ジャンを羽織ってきたけれど、寒すぎて意味がないって気づいたみたい。だからハンドルを優先したんだって、ツーリング仲間に語ってたわ」

バイクは風を切って走るので、どれだけ厚着をしても効果が薄いらしい。そして冷たいハンドルを握るのは、集中を乱す要因になり得るんだそうだ。

「楽しかったわ。張りこみの間に麦が色んな推理を聞かせてくれて。真相が判明したときの笑顔なんて、穂にそっくりでね」

麦さんは母親似だという。でも臆病な性格は陽子さんにそっくりで、推理とダジャレが好きなところは残念ながらオーナー譲りだ。月子さんからは未来に受け継ぐかもしれない。経営手腕と夫の働かせかたを。

「そんな風に、麦が謎を解きたがる理由もいまは知ってるわ」

陽子さんは、自分が麦さんの父親であることや、高津夫妻に真実告知を禁じた真相を話した。逆に娘からは、それを知るための努力を聞かされたのだろう。

でもそうすると、麦さんにはもう謎がないんじゃないだろうか？

もともと麦さんが謎を解きたがった理由は、自分が養子であるということの意味を両親に聞かずに知るためだ。その目的は現段階で達成されている。

「おーい、高津さん。こっちにも顔出しなよ」

声をかけてきたのは立ち飲み屋のご主人らしい。望口の西口商店街で集まりがあるようで、オーナーと月子さんが顔を出しにいった。

「それじゃあたしも、ちょっと用水沿いを散歩してこようかしら」

「僕もつきあいます。人が多いですし」

「いいのよ。あとは若いふたりでごゆっくり」

にやにやと笑いながら、陽子さんの車椅子も消えた。

ひと頃にあった敵意はもう感じない。いま思うに、あれは高津オーナーの「娘はやらん」と同じ、父親のいびつな嫉妬だったんじゃないだろうか。

「いまさら気を回されてしまった」

「そのようですね。気まずいですか？」

「そんなわけないよ。麦さんは？」

「わたしも、蜜柑崎さんとふたりで話したいと思っていました。お正月のときの約束もありますし」

ひょっとして、いまから告白に対する返事をくれるつもりだろうか。

「ええとね、麦さん。そこまで律儀にしなくても……」

だって結果はわかっているのだ。わざわざ言わせるのも忍びない。

「どうぞ。『家族のパン』です」

僕の紙皿にサンドイッチが置かれた。

そういえば、お正月に告白する前に麦さんが言っていた。春になったらお花見をして、家族のパンにミカンのコンフィチュールを塗って食べようと。

予想とは違っていたけれど、やっぱり麦さんは律儀な人だと思う。電車の中で初めて会ったときも、僕を心配してわざわざ隣の席に戻ってきたし。

「おいしいですね。思った通り、この季節にもってこいの味です」

「うん。角食は、やっぱりこういう家族イベントに向いてるね」

爽やかなサンドイッチをかじり、冷たいビールで喉を潤す。

フォカッチャとオリーブの様子を見て、ときどき桜に目を向ける。

そんなのんびりとした時間をすごしながら、僕は心の中でなんども麦さんの横顔にシャッターを切った。

「カメラがほしいな」

「桜を撮るんですか？」

「麦さんを撮るっていったら怒る？」

「怒りませんが断ります。恥ずかしいので」

「僕も撮られるのは苦手なんだけどさ。この間、麦さんの家でアルバムを見せてもらったとき、いいなって思ったんだよね」

麦さんの赤ん坊時代や、子ども時代の家族の肖像。オーナーたちがたくさんシャッターを切ってくれたから、僕は自分の知らない麦さんを知ることができた。

「スマホで十分とも思うけどさ。麦さんの家って、リビングにも麦さんの部屋にも写真が飾ってあるよね。ああいうの、僕の家にはなかったから」

「映画で見る海外文化の影響でしょうね。父も母も好きなので」

「おかげで初めてわかったよ。思い出を形にして残しておくのって、自分じゃなくて未来の誰かのためだって」

それはこれから親しくなる人や、結婚相手や、生まれてくる子どもたちのため。

ひとまず僕としては、フォカッチャとオリーブに子どもが生まれる前に、ちゃんとしたカメラを買おうと思う。

「家族って、いいものですね」

「そうだね。みんながみんなそう思うわけじゃないけれど、家族がいいものだって言えるのは幸せだと思う」

麦さんはきっと、オーナーと月子さんのことを考えているのだろう。

血はつながっていないけれど本当の娘のように、ではなく、本当の娘として立派に育ててくれた両親のことを。

そして娘の幸福を考え、自分から手放し、けれどそばにいてずっと成長を見守ってきた陽子さんのことも。

養子に出されたという事実だけを抜きだせば、麦さんは不幸な生い立ちといえるかもしれない。

けれどその背景には、ふた組の親の計り知れない愛がある。当初の麦さんが恐れていたような、家族を崩壊させる事実は一片もない。

「麦さんは、これからオーナーたちに養子の件を言うつもりなの？」

「言いますよ」

「でも真相はわかったんだし、最初の目的は達成できたんじゃない？」

「それとこれとは別の話です。別の話になりました」

麦さんがくいっとワインを飲んだ。隙を見てぶどうジュースと交換しておく。

「蜜柑崎さんは、料理をする男性のことをどう思いますか？」

「どうしたのやぶからぼうに」

「蜜柑崎さんは、こんな風に横に座って、女性がかいがいしくサンドイッチを作るのをよしとする家風ですか？」

「いやそんなことはないけど……」

お酒でスイッチが入ったんだろうか。なんだか説教モードだ。

「連太郎《れんたろう》くんは、いつも叔母さんのために食事を作るそうです」

「あ、うん。前に聞いたけど」

「うちの父も、母にフルコースを作ったりします」

「すご……って、もしかして麦さん。僕に料理を作れって言ってますか？」

「言ってますん」

「どっちなの……でも僕は料理が得意じゃないから、連太郎くんやオーナーみたいなごちそうは作れないよ。できてもせいぜい豆腐丼くらいで」

「得手不得手は関係ありません。ただうらやましかっただけです。前にイングリッシュマフィンを作ってもらったときも、すごくうれしかったですし」

麦さんは純粋だけれど素直じゃない。でもお酒を飲むと地が出るようだ。

「えっと……とりあえずいまサンドイッチを作ろうか？」

「きゅうりとツナを所望します」

ではと、バスケットの中から小さなプラスチック容器を取りだす。きゅうりもスライスされているので、角食の耳を落としたらマヨを塗ってはさむだけだ。

「できたよ。不格好だけど」

四分の一サイズのサンドイッチを渡すと、麦さんはしげしげと見つめた後、おもむろに食べた。

「……人に作ってもらうって、いいものですね」

なんとも幸せそうな、『よく寝て起きた女神』の表情。謎を解いたり腹の底から笑うときにしか出なかったあの笑顔が、あっさり出たことに僕も笑う。

四月からは忙しくなりそうだ。おもちゃで遊ぶくらいしか趣味がなかった僕に、写真と料理が新たに加わるから。

「悪かったねほったらかしで。有久井《ありくい》さんにつかまっちゃってさ。あの人やっとお酒をやめたと思ったら、レモンスカッシュで酔っ払うんだもんなあ」

高津夫妻が戻ってきた。ふたりの声が聞こえたのか、陽子さんも帰ってくる。

「全員そろったところで、わたしからお話があります」

さっきまでワインを飲んでご機嫌だった麦さんが、ぴしっと居住まいを正した。

僕も親たちもつられて背筋が伸びる。

「お父さん。お母さん。血のつながらないわたしをここまで育ててくれてありがとうございました。そして上手に嘘をついてくれてありがとうございました。思春期になってから自分がこの家の子ではないと気づくと、ずっと心に傷を抱えて生きるといいます。物心がついたわたしに真実を告知できなかった期間は、さぞつらかったでしょう。でもお父さんとお母さんはやり遂げました。おかげでわたしは、ふたりから愛だけを感じて大人になれました。こんな風に思いを打ち明けましたが、今日からなにかが変わるわけではありません。これからもよろしくお願いいたします」

ほろほろと泣きつつ語った麦さんが、三つ指をついて頭を下げる。

驚いたことに、高津オーナーも月子さんも取り乱した様子はない。ふたりともただ涙を流しながら微笑んでいる。

『初めて蜜柑崎くんを見たときに感じたの。ああきっとこの人だって。だから蜜柑崎くん、麦をよろしくね。あたしは覚悟できてるから』

麦さんの家に招かれた際に月子さんが言ったのは、やはり今日という日がくることを予見していたようだ。

「そして陽子さん。こう言ってはなんですが、陽子さんが自分の父親だなんて思ってもみませんでした。振り返ってみると、わたしが学校を卒業するたびに泣いたりしていましたね。わたしたちの距離感は店員と常連さんではなく、最初から家族だったと思います。お父さんお母さん陽子さんです。だから陽子さんとの関係もなにも変わりません。いえ、他人ではないと知ったので、老後はきちんと面倒みます」

それまで神妙な面持ちだった一同が、こらえきれずにふきだした。

「笑うところじゃないのに」

麦さんがむっとした様子がまたおかしい。これほど隅々まで配慮した愛ある家族宣言を聞けば、笑うなと言うほうが無理だろう。

ひとしきり笑いが収まったところで、麦さんがまた続ける。

「深夜にお父さんの口腔内からＤＮＡ鑑定用の粘膜を採取したとき以来、わたしはずっと不安でした」

高津オーナーがぎょっとしている。自分が眠っている間にそんなことをされていたと知ったら、こんな面白い顔にもなるだろう。

「わたしは親と血がつながっていない。その事実はわたしの中でどんどん重くなっていきました。養子であるという可能性はもちろん、再婚カップルがまた再婚したという複雑なケースや、両親が誘拐犯、はては自分が宇宙人であるなど、あらゆるパターンを想定しました」

今度は誰も笑わなかった。それまでの言葉をやわらげるべく「宇宙人」なんて言ったのだろうけど、ひとりでおびえていたであろう麦さんの不安を思うと、心がぎゅっとしめつけられる。

「そうやって思い悩んでいたわたしに対し、『ご両親に直接聞いても問題ないと思うよ。実子でも養子でも、ご両親はあんなに麦さんのことを愛しているし』なんて、あっけらかんと言い放った人がいます」

「なんか僕だけ扱いが悪い！」

「でも、それはわたしが一番ほしい言葉でした。こうだったらいいなというわたしの願望に対して、うんうんきっとそうだよと、無条件に無責任に肯定されて、どれだけ心が救われたでしょうか」

「まだ微妙に印象が悪い……」

「おかげでいまは、蜜柑崎さんがそばにいないと不安になります。だから……」

麦さんがぶどうジュースをひと息に飲む。

「ふつつか者ですが、よろしくお願いします」

聞いた瞬間は、言葉の意味が頭に入ってこなかった。

けれどそれが交際の許可だと気づき、喜びがこみ上げてきた瞬間――。

「すみません、間違えました。いまのは忘れてください」

麦さんがふうと深呼吸する。

僕が死にそうなほどに落胆したのは言うまでもない。

「ではあらためて、正しい順番で」

真顔の麦さんが僕を見つめる。

「蜜柑崎さん、わたしと結婚してください」

「え」

最初に耳を疑い、次に麦さんの正気を疑った。しかし酔っ払っても気が大きくなるだけで、麦さんは嘘をついたりしない。

「蜜柑崎さん。お願いですから『はい』と言ってください」

「いや、ちょっと待って。だって麦さん、交際はしないって……」

「恋人になるのは怖いですが、家族にはなりたいと思っていました。そうすれば多少の困難は乗り越えて、ずっと一緒にいられますから。マルシェのマリアージュのときから、そう伝えていたつもりです」

思い返せばあのときの麦さんはおかしかった。当社比三倍で赤くなる頻度が多かったし、陽気な一面やら、発表会ドレスやら、迷走としか思えなかった。あれらが求愛の表現だったというのだろうか。

「いや、でも、結婚って。僕まだ二十二だし、四月から社会人と言っても、待遇はバイトだし。というか、普通はつきあってから考えるものなわけで……」

「……プロポーズを断られました。いまから飲み明かします」

麦さんがワインを手酌しだした。なんだか小さい声でぶつぶつ言っている。「こうなるってわかってたし……」と聞こえた気がした。

「ひどいな蜜柑崎くんは。うちの娘がこんなに勇気を出したのに」

ここにきてオーナーが麦さんの肩を持った。

「でも結婚ですよ？　普通に考えて早すぎるでしょう？」

「別にいいのよ。どうせ麦は、蜜柑崎くん以外と結婚なんてできないから。それだったら早いほうがむしろ親孝行よ。それとも最近モテるようになって、麦以外にも色気づいてきちゃった？」

月子さんが片眉を上げて威嚇してくる。娘と同じ癖だ。

「い、いや、そんなことはないですけど、急に結婚と言われても……」

麦さんから結婚を申しこまれた。麦さんに恋をしている僕からすれば、いきなり最終目標達成だ。恋人拒絶状態からの、まさかの逆転ホームランだ。

なのになぜ、僕はこんな風にためらってしまうのか。

「男って、いざとなると怖気づくのよね。でもあたしが穂と結婚したのも、蜜柑崎くんくらいの歳だったわ。とりあえず、結婚を前提におつきあいってことでいいんじゃない？　入籍だけ済ませて」

「それ折衷案に見せかけて結婚してますよ！」

なんの不満もないはずなのに、幸せな未来が僕をひるませる。あまりに実感がなさすぎるから、脳が「待って」しか言わない。

「蜜柑崎、レアケースはビジネスチャンスだぞ。幸せにアプローチしたいなら、リスクを省みずファーストペンギンになるのが肝要だ」

「その声は……ニガリ？」

振り向くと、桜の木の下に「め組」の面々がいた。

「ブラブラしてたら蜜柑崎を見つけてさ。面白そうだからふたりを呼んじゃった」

望口住まいのイエモンがニヤニヤしている。

「捨吉《すてきち》。見通しの甘さを知ったなら先人に倣《なら》え」

丼谷がブルーシートの上を指さした。

「フシュ！　フシュフシュ！」

バスケットから顔を出したフォカッチャが、折れんばかりに針を立てている。丼谷たちの顔は知っているはずなのに、なぜこんなに怒っているんだろうか。

「もしかして、オリーブがおびえたから守ろうとしてるのか……？」

フォカッチャとオリーブは、僕と麦さんよりも短いつきあいだ。なのにすっかり妻を守る夫になっている。

そして丼谷は故郷に許嫁がいる。あのときの言葉は、恋の先にあるものを見通せと言いたかったのだと気づいた。

「……でも、やっぱりだめだよ」

すかさず「ヘタレ」、「チキン」、「軟弱である」と、「め組」の罵声が容赦ない。

「蜜柑崎くん、麦は泣くと死にかけるのを忘れた？」

月子さんがいよいよ脅迫めいてきた。

「そうじゃなくて、こういうのはやっぱり僕から言わせてほしいんです」

麦さんに向き直り、じっと目を見つめた。

僕が未来に抱く不安を、麦さんはちっとも心配していない。結婚すれば取り返しがつかないのに、僕となら大丈夫と信頼しきっている。

それを世間は若さというだろう。

でも歳を取って結婚したって失敗はするじゃないか。

麦さんはいま、僕と家族になることを求めている。

それこそが、ふたりの「同じ気持ち」だ。

「麦さん。僕と結婚してください」

「ふつつか者ですが、よろしくお願いします」

オーナーが、月子さんが、陽子さんが、「め組」の面々が拍手をしてくれた。

フォカッチャとオリーブも、さっきよりも身を寄せあっている。

「よっしゃ、飲むぞー！」

「フォロー外から失礼します。お近づきの印に、冷《ひ》や奴《やっこ》を用意しました。猪狩《いがり》豆腐店三代目店主、a.k.a.ニガリです。学生時代に打ちこんだことは人脈作りです」

イエモンとニガリが、酒とつまみをブルーシートに並べる。

けれど丼谷が乾杯の音頭を取る前に、僕は中座することにした。

「ごめん、僕たちちょっと用事ができた。でもすぐ戻るよ」

「えっ、蜜柑崎さん？」

真顔でうろたえる麦さんの手を取り、一緒に立ち上がる。

そのまましっかり手をつないで、夢に見た枝垂れ桜のアーチを歩く。

「もう！　主役ふたりがどこ行こうって言うのよ！」

陽子さんの声に、僕は振り返って言った。

「カメラを買いにいくんです」

あとがき

モフモフの虜になる
"お客様"続出。
お洒落なハンコ屋兼喫茶店に、
いらっしゃいませ!
おいしくてちょっぴりビターな、
ほろり笑いの物語。
鳩見すた
イラスト◎佐々木よしゆき
……威嚇ポーズもかわいい!……
「有久井印房」おすすめのお品書き
シリーズ第1弾に登場
ミルクセーキ
アリクイさんが短い両手で一生懸命
シェイクして作ってくれる。
まるで飲むケーキなその甘さ!
フルーツパフェ
宇佐ちゃん一押しの限定メニュー。
瑞々しい桃がいっぱい!
シリーズ第2弾に登場
シリーズ第3弾に登場
モカロール
苦みを抑えた豆を使った
マスターこだわりのひと品。
「有久井印房」幻のメニュー!
既刊3巻
続々重版出来!!

アリクイのいんぼう
有久井印房のかわいくも愉快な仲間たち
アリクイさん
ミナミコアリクイの「有久井印房」店主
宇佐ちゃん
したたかクールなウェイトレス
かぴおくん
ニヒルな思想家デザイナー
鳩なんとかさん
コーヒー一杯でねばる客
メディアワークス文庫

本書は書き下ろしです。

メディアワークス文庫

ときめきフォカッチャ
ハリネズミと謎解《なぞと》きたがりなパン屋《や》さん

鳩見《はとみ》すた

2019年５月25日　初版発行
2024年９月20日　３版発行

発行者　山下直久
発行　株式会社KADOKAWA
〒102 - 8177　東京都千代田区富士見2 - 13 - 3
0570-002-301（ナビダイヤル）
装丁者　渡辺宏一（有限会社ニイナナニイゴオ）
印刷　株式会社KADOKAWA
製本　株式会社KADOKAWA

ISBN978-4-04-912579-5 C0193

メディアワークス文庫　https://mwbunko.com/

本書に対するご意見、ご感想をお寄せください。

あて先
〒102-8177　東京都千代田区富士見2-13-3
メディアワークス文庫編集部
「鳩見すた先生」係

アリクイのいんぼう1〜3

鳩見すた

あなたの節目に縁を彫る。ここは
アリクイが営むおいしいハンコ屋さん。

「有久井と申します。シロクマじゃなくてアリクイです」

ミナミコアリクイの店主が営む『有久井印房』は、コーヒーの飲めるハンコ屋さん。

訪れたのは反抗期真っ只中の御朱印ガール、虫歯のない運命の人を探す歯科衛生士、日陰を抜けだしウェイウェイしたい浪人生と、タイプライターで小説を書くハト。

アリクイさんはおいしい食事で彼らをもてなし、ほつれた縁を見守るように、そっとハンコを差し伸べる。

不思議なお店で静かに始まる、縁とハンコの物語。

なるほどフォカッチャ ハリネズミと謎解きたがりなパン屋さん

鳩見すた

“フォカッチャ”が導く おいしい謎解き物語。

「人の秘密はそっとしておかなければならないんです。膝の上に乗ったハリネズミみたいに」

いつも無表情な麦さんは“ささいな謎”を愛する、ちょっと不思議なパン屋の店員さん。

彼女の貴重な笑顔に一目惚れして以来、毎日せっせと謎を探しお店を訪ねる僕。パンとコーヒーと“ハリネズミ”とともに、今日も僕らのおいしい謎解きが始まる——。

“なるほどフォカッチャ”。それは「僕と彼女」を結び、「日常の謎」を紐解く魔法の合言葉。